ENTRE EL RECELO Y EL DESEO

ANN MAJOR

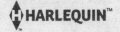

Editado por HARLEQUIN IBÉRICA, S.A.
Núñez de Balboa, 56
28001 Madrid

I.S.B.N.: 978-84-687-5649-3
Depósito legal: M-28245-2014
Editor responsable: Luis Pugni
Impresión en CPI (Barcelona)
Fecha impresion para Argentina: 6.7.15
Distribuidor exclusivo para España: LOGISTA
Distribuidor para México: CODIPLYRSA
Distribuidores para Argentina: Interior, DGP, S.A. Alvarado 2118.
Cap. Fed./Buenos Aires y Gran Buenos Aires, VACCARO HNOS.

Capítulo Uno

Michael North se despertó sobresaltado en la noche.

Lo primero que pensó fue en proteger a la maravillosa mujer que estaba acurrucada a su lado. Tenía la piel cálida y suave y estaba muy bella iluminada por la luz de la luna, con su cabello rubio esparcido sobre la almohada. Deseaba acariciarle el cabello y besarla otra vez, tanto que tuvo que cerrar los puños con fuerza para contenerse.

Había disfrutado más de la noche que había pasado con ella de lo que había disfrutado con nadie en mucho tiempo. Y quizá era por eso por lo que sentía un nudo en el estómago al pensar en ella. Después de todo, la había seducido a propósito y en beneficio propio.

Con cuidado para no despertarla, se incorporó y se retiró un mechón de pelo negro de los ojos. Todo lo que había hecho aquella noche, la cena romántica en el restaurante, las relaciones sexuales en su ático, y las sonrisas y carcajadas que había compartido con ella eran una farsa.

La había seducido para proteger al ingenuo de su hermano pequeño.

Sin embargo, en un momento dado, Michael se

había olvidado de Will. Habían comenzado la velada tomándose una copa de champán en el restaurante Chez Z, un local de comida francesa que ella había heredado de su hermano, el famoso Johnny Z. A Bree le encantaba cocinar y comer, y a Michael le gustó ver cómo disfrutaba haciéndolo.

Ella se había sonrojado al tomarse la copa de champán. Y había suspirado cuando se chupó los dedos para quitarse el chocolate. Y cuando se los chupó a él. Sentir el calor de su lengua en la piel había sido casi tan maravilloso como acostarse con ella.

A Michael le encantaba el sonido de su risa, el brillo de sus mejillas cuando bromeaba, la inteligente mirada de sus ojos y el ardor que mostraba en la cama. ¿Cuándo se lo había pasado tan bien con una mujer?

Bree no era su tipo de mujer. A Michael le gustaban las mujeres rubias, esbeltas y glamurosas que provocaban que los hombres volvieran la cabeza al verlas. Bree era una mujer atractiva, sencilla, a la que le encantaban la ropa de color y los fulares baratos.

Aunque Bree Oliver pareciera una mujer inocente y encantadora, era una cazafortunas. Había atrapado a su hermano, convencida de que él era el hombre que necesitaba para evitar que Chez Z entrara en bancarrota.

Por el bien de Will, Michael tenía que cortar la relación con ella. Daba igual lo mucho que hubiera disfrutado a su lado o lo maravillosa que fuera en la cama, Bree se lo merecía.

Si Michael hubiese sido tan inteligente cinco

años atrás, cuando se enamoró de Anya Parris... Sin embargo, no lo fue. Y se casó con ella como un idiota, después de que Anya mintiera acerca de su embarazo. Él había sufrido un infierno de matrimonio, en el que hubo infidelidad, escándalo y un divorcio muy sonado.

Michael nunca volvería a olvidar la realidad acerca de la riqueza de la familia North. Las mujeres fingían estar interesadas en él cuando en realidad lo único que querían era disfrutar de su ático, de su rancho, de sus helicópteros y de sus jets privados. Que las invitara a comer en los mejores restaurantes, y a las fiestas de la alta sociedad.

Nunca volvería a creer que una mujer deseara algo más de él aparte de su lujoso estilo de vida. Y nunca volvería a cometer el error de comprometerse. Por desgracia, Will, que durante la infancia había estado más consentido que Michael, era demasiado confiado. Y Michael era quien debía salvarlo de las garras de Bree.

Michael notó el calor del cuerpo de Bree cuando ella se acurrucó un poco más contra él. Su ropa colorida estaba amontonada en el suelo junto a sus sandalias, donde él la había desnudado mientras ella se reía moviéndose al ritmo de la música.

El agradable calor de su cuerpo le resultaba acogedor.

No, tenía que dejarla. Aunque al percibir su aroma a fresas deseara ocultar los labios contra su cabello espeso, besarla en el cuello y saborear su boca y otras partes de su cuerpo una vez más.

Embriagado por su sensual atractivo, permaneció a su lado torturándose mientras recordaba todas las maneras en que habían hecho el amor.

La primera vez la había notado tensa por dentro, pero suave como la seda. Y cuando la penetró, sujetándola contra la pared, Bree gimió con fuerza. Cuando él se detuvo preocupado por ella, Bree apoyó las palmas de las manos contra su trasero y le suplicó que se quedara allí... para siempre, si era posible. Poco a poco, su cuerpo menudo se había adaptado al de él. La penetró de nuevo, experimentando un intenso placer después de cada empujón.

Ella había actuado como una buena actriz, mostrando su inocencia y provocándolo para después rendirse ante él. Había estado a punto de volverlo loco, de hacer que se creyera que no era su fortuna, sino él, lo que le interesaba.

–¿Quién iba a decirlo? –susurró, mientras permanecía en su interior–. Me gusta. No, me encanta –le acarició la mejilla–. Me alegra que seas tú. Nunca imaginé que sería así de agradable. Siempre quise salir con alguien tan inteligente y atractivo como tú, pero nunca pensé que alguien así podría fijarse en una chica como yo.

Para él también había sido agradable estar con ella. Más que agradable.

Parecía muy cariñosa. Durante un instante, cuando lo había besado como si deseara consumirlo, él se había dejado llevar por el ardoroso recibimiento de su cuerpo, hasta tal punto que casi se había olvidado de ponerse protección.

Cada vez que hacían el amor, el sexo era mejor, incluso con preservativo. Y después, cada vez que ella se abrazaba a él, parecía más cariñosa.

Al pensar en ella, su cuerpo reaccionaba al instante.

—Will me dijo que eras un hombre frío y distante —le había susurrado ella.

A él no le gustó que lo comparara con Will, pero con cada beso y cada mirada, ella lo había ido cautivando. Bree le había ofrecido el cariño que él necesitaba, pero que no sabía que anhelaba hasta que lo experimentó entre sus brazos. Nunca había conocido un hogar de verdad, ni se había sentido parte de una familia. Ni siquiera con los North, a pesar de que le habían dado el apellido y lo consideraban su familia. Sin embargo, esa noche, con ella...

Bree era peligrosa. Tenía que olvidarse de ella cuanto antes.

Si se quedaba junto a ella una noche más, estaría totalmente bajo su control. Y quizá, hasta llegaría a invertir dinero en su restaurante.

Y si invertía suficiente dinero, ¿Bree lo preferiría a él antes que a Will?

Tenía dinero. Y deseaba que ella lo prefiriera a él antes que al resto.

Michael blasfemó. Esa clase de pensamientos lo apartarían de su propósito. Justo cuando se disponía a levantarse de la cama para intentar pensar con claridad, ella gimoteó y se agarró a su brazo, como si esperara que lo protegiera de algo.

—Michael...

Él sintió que se le aceleraba el corazón. Y cuando ella le rozó la piel con los dedos, todo su cuerpo reaccionó. No había manera de que pudiera resistirse a ella.

¿Cuántos años tendría? ¿Veinticinco? Era diez años más joven que él. O incluso más. Tuviera la edad que tuviera, su belleza era cautivadora. Tenía el cabello rubio oscuro, la nariz fina, los pómulos prominentes y los labios sensuales.

No tenía dinero suficiente, ni buen gusto, como para vestir de manera adecuada. Las prendas holgadas que llevaba ocultaban su silueta en lugar de resaltar su belleza, sin embargo, desnuda, con sus caderas, sus senos y sus pezones turgentes al descubierto, era perfecta.

Michael deseaba abrazarla, acariciarle el cabello y susurrarle que todo estaba bien. Pero no era cierto. Él sabía quién era ella y lo que tenía que hacer, sin embargo, se sentía tremendamente atraído por ella.

Con cuidado de no molestarla, Michael se incorporó. Tenía que recuperar el control. No obstante, ella notó que se había levantado y dijo:

–Michael… Cariño, vuelve a la cama.

–No me llames cariño –gruñó él.

–¿He hecho algo mal? –preguntó con timidez al oír el tono brusco de su voz.

Michael no pudo evitar desear protegerla del dolor que él mismo estaba a punto de provocarle.

Tenía que acabar con aquello o se volvería loco.

–No me llames cariño –repitió él–. Todo lo de esta noche es mentira. Te seduje para proteger a Will de ti. Cuando te acercaste a mí durante el acto benéfico al que asistí con Will, me di cuenta de lo que querías y de cómo pretendías utilizarlo a él. Y al interesarte por mí también, me facilitaste el trabajo.

–¿Qué estás diciendo?

–Estoy diciendo que me he acostado contigo esta noche para tener un motivo que haga que dejes de salir con mi hermano. Lo de esta noche tiene que ver con Will.

–¿Will? –preguntó confusa–. Espera un momento. ¿Crees que Will y yo somos pareja? ¿Piensas que salimos juntos? ¿No te gusto?

–¿Cómo vas a gustarme si sé quién eres?

Puesto que había sido un hombre pobre, sabía muy bien lo que era querer más y utilizar a la gente para conseguir lo que él deseaba. Había trabajado mucho, pero también había hecho alguna cosa de la que no se sentía orgulloso para llegar donde estaba.

–Ibas detrás de él, y después detrás de mí, porque necesitas nuestro dinero para salvar tu restaurante.

–No –susurró ella.

–¿Niegas que Will sea uno de tus inversores?

–No –sus ojos brillaban humedecidos por las lágrimas–. ¿Me has engañado? ¿No me deseas?

Él negó con la cabeza.

–¿Por qué? ¿Cómo has podido hacerme algo así? Yo nunca utilizaría a Will, ni a nadie. Will es mi amigo, y sí, es uno de mis inversores. Lo ha sido desde el principio, ¡pero yo no voy detrás de su dinero! ¡Desde luego que no!

—Entonces ¿por qué mostraste tanto interés por mí la noche que nos conocimos durante el acto benéfico, si estabas con Will?

—Quizá coqueteé contigo, pero solo porque pensé que te gustaba —respiró hondo—. Will es un amigo. Al principio era amigo de Johnny, e invirtió en Chez Z cuando mi hermano abrió el restaurante. Así es como Will y yo nos hicimos amigos.

—¿Amigos? ¿Eso es lo único que sois?

La noche del acto benéfico ella llevaba un vestido plateado con la espalda al descubierto y un chal transparente que dejaba poco lugar a la imaginación.

Su historia familiar no había ayudado a mejorar la opinión que él se había formado acerca de ella. Seis meses antes su hermano Johnny Z, el célebre cocinero, había aparecido muerto en la cama con la esposa de un importante cirujano plástico, otro de los inversores del restaurante. Todo el mundo suponía que el cirujano había disparado a Johnny, pero el hombre se negaba a declarar ante la policía, dejando todo en manos de los abogados, y su mujer había desaparecido. Así pues, la investigación se había estancado y el escándalo, sumado a la ausencia de Johnny Z en la cocina, había sido devastador para el restaurante.

—Will me pidió que fuera con él al acto benéfico para que conociera a algunas personas que podían estar interesadas en invertir. Cuando nos presentó, pensé que quizá fueras una de esas personas.

Michael había estado a punto de creerla, pero entonces recordó a Anya y lo ingenuo que él había sido.

–¡Deja de actuar! Si crees que soy igual de tonto que mi hermano, te equivocas. Quiero que te vistas y te marches. Si te mantienes alejada de Will, no le contaré que me he acostado contigo esta noche. Si no lo dejas en paz, le contaré lo nuestro.

–Cuéntaselo si quieres. O a lo mejor se lo cuento yo… Ha de saber hasta dónde estás dispuesto a llegar para controlar su vida. Quizá llegue a tenerte más manía de la que ya te tiene.

Su reacción lo pilló desprevenido. Esperaba que hubiera protestado más, y lo que le había dicho de Will le resultaba doloroso.

–No puede permitirse tenerme manía –soltó Michael–. Soy yo quien firma los cheques de su asignación.

–¿Así que para ti todo se trata de dinero y control? Y crees que yo soy como tú.

–¡Sé que lo eres! Así que deja a mi hermano en paz y así no le contaré lo nuestro y evitarás que piense lo peor de ti. Esta vez apostaste por el caballo equivocado. Elige a otro. Alguien que no sea ingenuo. Alguien que se parezca más a ti o a mí.

–Cuéntaselo. Yo no soy como tú, y no puedes chantajearme.

–Eres como yo. La ambición no es lo único que tenemos en común –dijo con frialdad–. Si Will no te deseara, yo estaría dispuesto a convertirte en mi amante. Te mantendría y sacaría a flote tu restaurante hasta que dejaras de gustarme.

—¿Es que no escuchas nunca? Por última vez, tu hermano y yo solo somos amigos. Por eso no le importará si nos hemos acostado o no. Solo es un inversor del restaurante. Y ya tiene a alguien en su vida.

—¿De veras? ¿A quién?

Michael supo que ella mentía cuando tartamudeó al decir:

—Quizá deberías preguntárselo tú.

Si Will tuviera a alguien en su vida, Michael podría quedarse con Bree. De pronto, reconsideró la situación. ¿Qué había de malo en seguir saliendo con Bree si ella no se tomaba en serio en su relación con Will? Siempre y cuando él tuviera claro quién y estuviera dispuesto a ser generoso con ella.

—Entonces, si Will no te quiere porque tiene a alguien más en su vida, no hay nada que me impida seguir contigo. Te ofrezco un nuevo trato. Si rechazas a Will como inversor y te conviertes en mi amante, mantendré tu restaurante a flote mientras me des placer en la cama.

—¿Qué? —ella lo miró asombrada.

—Ya me has oído. Si te conviertes en mi amante, tus problemas económicos se solucionarán durante el tiempo que sigas complaciéndome. Igual que has hecho esta noche.

—No puedo creerlo. Primero te acostaste conmigo para tratar de destruir mi supuesta relación con tu hermano. ¿Y ahora quieres sobornarme para que me quede contigo? Siento haberte conocido.

–Estoy seguro de que te sentirás de otra manera cuando te compres el apartamento que te guste en el vecindario que elijas y recibas una generosa asignación.

–¡Espera un momento!

–Quieres salvar el restaurante, ¿no? Y disfrutamos estando juntos, entonces, ¿por qué no?

Bree se levantó de la cama.

–¡No se puede comprar a las personas!

–Te sorprendería lo que se puede comprar teniendo dinero.

–Pues yo no estoy a la venta.

–Lo dudo. Es solo que no te he hecho la oferta adecuada. Dime lo que deseas y negociaremos.

–No puedo creer que durante un instante haya pensado que eras una buena persona. Y lo he hecho. De veras. No puedo creer que haya vuelto a ser tan tonta –suspiró–. Eso demuestra lo que te dije antes: no tengo muy buen criterio para los hombres y, créeme, eres el peor de todos.

Su rechazo lo sorprendió. Michael se percató demasiado tarde de que debería haberla seducido para que aceptara el trato, igual que la había seducido para llevarla a la cama. Era evidente que ella pensaba que no había hecho nada malo. En eso eran diferentes. Al menos él reconocía cuándo había traspasado el límite, y estaba dispuesto a aceptar las consecuencias.

–Llamaré a mi chófer –dijo con frialdad, tratando de disimular su decepción–. Dentro de cinco minutos estará en la puerta para acompañarte fuera del edificio y llevarte donde desees. Después de esta noche, no quiero volver a verte con mi hermano nunca más. ¿Comprendido?

–No puedes darme órdenes. Ni a tu hermano. Es un hombre adulto y, te guste o no, uno de mis inversores principales. ¡Pienso verlo tan a menudo como me plazca! Él tiene derecho a invertir su dinero donde quiera.

–Estás muy equivocada.

Michael se volvió y salió de la habitación porque no podía soportar ver la expresión de dolor de su mirada, sus labios temblorosos y sus senos desnudos.

Solo cuando la oyó bajar corriendo las escaleras hasta la planta baja (Bree no utilizaba el ascensor porque le daba miedo) y que la puerta principal se cerraba de un portazo, Michael regresó a su dormitorio.

Permaneció en la oscuridad contemplando la ciudad iluminada por la luna llena. Después, se alejó de la ventana y encendió todas las luces. Jamás su dormitorio le había parecido tan frío.

Entonces, al ver unas manchas rojas sobre la sábana, pensó en que quizá se había equivocado en una cosa. ¿Se había acostado con una virgen?

El corazón comenzó a latirle con fuerza. Una mujer virgen no podría haber tenido una reacción tan salvaje y desinhibida. Sin embargo, al recordar cómo había gemido al penetrarla por primera vez, ¿y si resultaba que no había sido capaz de reconocer sus buenas intenciones?

Si se había equivocado respecto a su virginidad, ¿también se habría equivocado respecto a otras cosas? ¿Sería cierto que se sentía atraída por él? ¿Y qué relación tenía con Will en realidad?

Mientras retiraba las sábanas de la cama, recordó su cuerpo radiante, su mirada de asombro y el placer que había compartido con ella. Michael se había sentido muy masculino y poderoso, y había experimentado un sentimiento de felicidad que nunca había conocido antes.

Hablaría con ella a la mañana siguiente. Sin embargo, por la mañana ella ya se habría marchado.

Michael sobornó al portero para poder entrar en el apartamento de Bree. Durante más de una hora estuvo buscando alguna pista para averiguar dónde se había marchado, pero no obtuvo ninguna. Cuando se dirigió al restaurante, Bijou, la madre de Bree, estaba reunida con los empleados del local.

—Dijo que tenía que marcharse —comentó su madre con frialdad cuando él la interrumpió—. Que era una emergencia. Parecía disgustada. Yo no me entrometí. Ahora me hubiera gustado haberle hecho más preguntas. ¿El problema es usted? ¿Mi hija se ha metido en un lío por su culpa?

—No.

—¡Menos mal! Los hombres no se le dan bien. En realidad, es patética en lo que a ellos se refiere. Se parece a mí. Su padre hizo todo lo posible por arruinarme la vida. Si usted no va a tratarla bien, manténgase alejada de ella ¿quiere?

¿Qué podía decir al respecto? A pesar de las circunstancias, envidiaba a Bree por tener una madre así. Él no había sido tan afortunado.

Cuando Michael fue a hablar con su hermano para advertirle acerca de Bree, Will no lo permitió entrar en el apartamento.

—Ya me ha dicho de qué la has acusado —dijo Will, con la puerta entreabierta para evitar que Michael entrara—. No sé dónde está y, sinceramente, si lo supiera no te lo diría. Te has pasado.

—¿Dijo que estabas viéndote con otra mujer? ¿Es cierto?

Le cerró la puerta en las narices.

Michael se sintió inquieto. ¿Qué era lo que ocultaba Will? Bree había puesto a su hermano en su contra. Si Will estaba saliendo con otra mujer, ¿qué diablos había conseguido Michael acostándose con Bree, aparte de obsesionarse con ella?

Las siguientes semanas, intentó distraerse con su trabajo, con mujeres glamurosas, pero no conseguía olvidarla.

Al pensar en la noche que habían compartido se enfadaba, sobre todo después de enterarse que el mismo día que él se había marchado de Nueva York, ella había regresado al restaurante y había comido con Will.

¿Había permanecido escondida a propósito hasta que él se marchó? ¿Tenía tanto miedo de él?

¿A qué estaba jugando? ¿Cómo podía detenerla y salvar a Will?

Capítulo Dos

Ocho semanas más tarde

«Will tiene que estar bien. No puede ser de otra manera».

Con el corazón acelerado, Michael atravesó la puerta de urgencias con su maletín empapado en la mano.

Había intentado llamar a Bree en el trayecto del aeropuerto JFK a la ciudad. Al ver que le saltaba el contestador, decidió pasar por el restaurante para hablar con ella otra vez. Acababa de detenerse frente al restaurante cuando Pedro lo llamó para contarle que Will había sufrido un accidente.

–¿Dónde está Will North? –preguntó Michael a las enfermeras del control de enfermería–. Soy su hermano. Me han llamado para decirme que había sufrido un accidente y que lo habían traído en ambulancia.

–¿North? –las enfermeras levantaron la vista de lo que estaban haciendo y se quedaron en silencio. Al ver que no le contestaban, se percató de la gravedad de su hermano.

–¿Dónde está? ¿Qué ha pasado?

Una enfermera mayor le dio todos los detalles.

Su hermano había sufrido un choque frontal bajo una intensa lluvia. Tony Ferrar, el conductor que al parecer era amigo de su hermano, había fallecido en el acto. La conductora del otro vehículo, una mujer de veinticuatro años que posiblemente había bebido, se había saltado la mediana de la autopista y había chocado de frente con el Mercedes de Will, falleciendo en el acto. Will se quitó el cinturón y se abalanzó sobre su esposa. Como resultado había sufrido lesiones en la cabeza y la espalda, además de múltiples fracturas. Debían intervenirlo de inmediato.

Las palabras de la enfermera resonaron en la cabeza de Michael.

–¿Su esposa?

¿Sería eso lo que Will iba contarle en la comida? ¿Que se había casado con su novia secreta?

Michael lo había llamado desde Shangái la noche anterior y, al preguntarle por Bree, Will se había negado a hablar de ella.

–Tengo una gran noticia. Te la cuento mañana durante la comida –fue todo lo que le había dicho Will.

–¿Puedo ver a mi hermano antes de la operación? –le preguntó Michael a la enfermera.

–Por supuesto, pero no hable mucho con él, para no cansarlo.

Al verlo, Michael comprendió la gravedad de sus lesiones.

–¿Will? ¿Puedes oírme? Soy yo. Michael –le dijo.

Su hermano intentó hablar y le temblaron los

18

labios. Tenía el rostro amoratado y las vendas de las curas estaban manchadas de sangre.

—No hables —le ordenó Michael.

—Tengo que hacerlo… No hay tiempo… Sabes, se equivocan cuando dicen que la vida pasa delante de tus ojos —hablaba tan bajito que Michael tuvo que agacharse para oírlo—. Lo que se ve es el futuro que nunca tendrás.

—No inviertas energía tratando de hablar. Eres joven. Vas a ponerte bien. Lo prometo.

—Ni siquiera tú puedes arreglarlo, pero sí puedes hacer algo por mí.

—Lo que quieras.

—Cuida de Bree.

—¿Qué?

—Bree. Ella es… Es mi esposa.

—¿Bree? ¿Te has casado con Bree?

—Está embarazada. No tengo tiempo de explicártelo. No queríamos decírtelo así. Prométeme que cuidarás de ella y del bebé.

—¿El bebé?

—Está embarazada y herida. No sé si está grave. Íbamos en el asiento de atrás. Conducía Tony. Él ha muerto. Intenté… Salvarla… Por ti.

—Por mí.

—Sé que la quieres.

Michael comenzó a sudar y abrió y cerró los puños varias veces, a medida que la furia y la preocupación se apoderaban de él.

Había una cosa muy clara. Ella había mentido acerca de su relación con Will. Habían tenido una aventura. Y después de acostarse con Michael,

19

Bree había regresado junto a Will y se había quedado embarazada para conseguir que él se casara con ella. Todo lo habían mantenido en secreto, esperando a que Michael regresara de Shangái.

Will estaba tan enamorado de Bree que se había quitado el cinturón de seguridad para salvarla.

Entonces, Michael recordó que cuando Will se casara, recibiría un millón de dólares del fondo familiar, así como un importante aumento de su asignación. Y cuando naciera su hijo, recibiría todavía más dinero.

¿Bree estaría informada de todo ello?

En esos momentos aquello no era importante. Solo Will importaba.

–Sé que crees que no te gusta. Y que sabía que no aprobarías nuestro matrimonio, pero ella lo ha pasado muy mal. Es una chica maravillosa. No una cazafortunas como tú crees.

Michael blasfemó en silencio. Su hermano era demasiado ingenuo.

–Lo que le hiciste fue culpa mía.

–Lo hice por ti –dijo Michael.

–Comprendido, pero prométeme que cuidarás de ella. Si haces esto por mí, estaremos en paz.

Michael no podía prometerle tal cosa.

–Prométemelo –insistió Will.

Michael no podía decirle que no.

–Prometo que cuidaré de tu esposa –dijo, apretando los dientes. Con cuidado, le agarró la mano a su hermano–. Incluso te estrecharé la mano para demostrártelo.

–Y del restaurante. Ayúdala a salvarlo.

Michael asintió.

Satisfecho, Will cerró los ojos.

Segundos después entró un enfermero y corrió a mirar los gráficos de Will. Sin decir palabra, se inclinó sobre el paciente.

Michael permaneció en la puerta y observó cómo el hombre sacaba a su hermano de la habitación y se alejaba por el pasillo. El único sonido que podía oír era el latido de su corazón. ¿Volvería a ver con vida a su hermano?

De pronto, se sintió muy solo. Tan solo como se había sentido cuando era un niño. Regresó al control de enfermería. Allí encontró a Pedro, y él lo llevó hasta Bree.

Bree estaba tumbada en una cama, dos mujeres estaban con ella.

Michael les tendió la mano y dijo:

—Me llamo Michael North. Soy el hermano de Will. Y el cuñado de Bree.

La mujer mayor le estrechó la mano.

—Me llamo Bijou, y soy su madre. ¡Espera! Nunca me olvido de una cara. Eres el chico rico y atractivo que vino a buscarla al restaurante ¿no? Pensé que podía crearle algún problema, ¿no es así?

—Sí.

—Yo soy Marcie —dijo la chica rubia que estaba al lado de Bijou—. Trabajo como camarera para Bree y Bijou. Bree es la persona más dulce del mundo. Igual que Will. No puedo creer que dos personas tan estupendas…

—Te dejaremos un minuto a solas con ella —le dijo Bijou—, pero solo uno.

Cuando se marcharon, Michael se acercó a la cama de Bree. Tenía los ojos cerrados y grandes ojeras. Las mejillas y los brazos los tenía llenos de cortes y cardenales. Al verla, a Michael se le entrecortó la respiración.

Parecía tan frágil que sintió miedo. Llevaba al hijo de su hermano en el vientre y él había prometido que cuidaría de ambos.

A pesar de que se había casado con Will por dinero, Michael ya no sentía resentimiento hacia ella. Si Will moría, su hijo sería el único lazo que Michael tendría con su hermano.

–¿Bree? ¿Puedes oírme? Soy Michael. Me enteré del accidente nada más regresar de Shangái. Vine directamente.

–Michael… –abrió los ojos un instante y su rostro se llenó de felicidad. De pronto, la mirada se le volvió helada–. ¿Dónde está Bijou? ¿Qué estás haciendo aquí? Quiero que vuelva mi madre.

–Tu madre está fuera. Will me ha pedido que venga a ver cómo estás, por eso estoy aquí.

–Will te ha pedido… –gimoteó, y volvió la cabeza hacia la pared–. ¡No te creo! ¡Está igual de enfadado contigo que yo! ¡Márchate! –hizo una pausa–. No te necesito –dijo en voz baja–. Will lo sabe, así que mientes cuando dices que él te ha enviado.

–Lo hizo. Ha de someterse a una intervención y creo que estaba asustado.

Ella respiró hondo.

–Tony ha muerto y puede que Will no… Y está allí, solo y asustado. Es tan bueno.

–Lo es –dijo Michael.

–Si muere, será culpa mía. Él se quitó el cinturón de seguridad justo antes de que el otro coche saltara la mediana y se chocara con nosotros. Will lo vio venir y se abalanzó sobre mí para protegernos, a mí y al bebé. El pobre Tony no tuvo la oportunidad.

–¿Quién es Tony?

Bree agarró la sábana y miró a otro lado.

–El mejor amigo de Will. Iba conduciendo.

–Curioso. Nunca lo conocí.

Ella se mordió el labio inferior.

–Imagino que estarías demasiado preocupado por tus asuntos como para interesarte por la vida personal de tu hermano. Excepto cuando me tocó a mí, porque me consideraste una amenaza para vuestra economía.

Sus palabras le resultaron dolorosas.

–Will me dijo que estáis esperando un bebé.

Ella empalideció más todavía.

–No tenía derecho a hablarte del bebé. Me prometió que no lo haría.

–Me pidió que cuidara de vosotros en caso de que…

Ella se estremeció.

–La situación empeora cada vez más, ¿no te parece? Tú y yo, juntos a la fuerza, y sin Will.

–Probablemente solo fuera por precaución. Le prometí que lo haría.

–¿De veras? ¿Le diste tu palabra? –frunció el ceño y lo miró–. Como si eso significara algo –respiró hondo–. Márchate.

–Tengo intención de cumplir mi promesa, te guste o no –dijo él.

–Me engañaste a propósito para que hiciera cosas que ahora considero humillantes. ¿Cómo he podido ser tan idiota?

Cosas eróticas que él deseaba que le volviera a hacer.

–Pensé que había encontrado a la persona… ¡No importa! –soltó ella–. Dejaste muy claro lo que sentías por mí en el momento en que yo era más vulnerable y me había abierto a ti. Eres la última persona que quiero que forme parte de mi vida. No me importa si eres el hermano de Will y el tío de mi bebé, o si te sientes obligado a mantener tu promesa. No quiero verte. No quiero que mi hijo te conozca. ¿Lo comprendes?

Michael se sintió culpable al oír sus palabras. ¿Y por qué se sentía así si lo que intentaba era proteger a su hermano después de que él le demostrara una vez más que era demasiado confiado con aquellas personas que iban tras su dinero?

Por supuesto, la expresión de Michael no mostraba ni una pizca de sus sentimientos. Se había criado en una familia pobre, en un barrio conflictivo de Houston, y desde muy pequeño había aprendido a ponerse una máscara cuando se sentía vulnerable. Su madre apenas había conseguido ganarse la vida como masajista antes de que se casara con Jacob North y este lo adoptara.

Hasta que conoció a Jacob, su madre había pasado de hombre en hombre aceptando todo aquello que ellos le ofrecieran para sobrevivir. Michael había trabajado en el muelle para no tener que depender de ellos. Odiaba no tener nada, que lo ignoraran y sentirse avergonzado por su manera de vivir. Desde muy temprano había aprendido que, cuando no se tiene, el dinero lo es todo.

Will, por otro lado, se había criado siendo el hijo único de un hombre rico. Will había querido a todo el mundo, sobre todo a su hermano mayor adoptado, a quien había aceptado desde el principio. Quizá Will fuera la única persona que había querido a Michael. Y Michael le había prometido a Jacob, el hombre al que le debía todo, que cuidaría de Will. Por ello, también se sentía responsable del hijo de Will que estaba por nacer, a pesar de que la madre de la criatura fuera una mujer en quien no podía confiar.

–Si Will muere, el hijo de Will… Tu hijo, será heredero de la familia North. Y ahí entra la promesa que le hice a mi hermano. Independientemente de que me quieras o no en tu vida, pienso preocuparme desde este mismo instante por esa personita.

–¿Así que esto también tiene que ver con el dinero y el control? Para ti, mi hijo no es nada más que el posible heredero de la fortuna de los North.

–Una fortuna conlleva una gran responsabilidad.

–Estoy segura de que estás acostumbrado a salirte con la tuya. Pues conmigo no lo conseguirás –continuó ella–. Nunca más.

–Ya lo veremos –dijo él, y se calló después. Tenía intención de ganar esa batalla.

—Quiero que te vayas —dijo ella.

Cuando Michael se sentó en la butaca que estaba junto a su cama, ella lo miró. Al ver que esbozaba una sonrisa, cerró los ojos y volvió el rostro. Mientras le daba la espalda, Michael supo que ella no podía dejar de pensar en él igual que él no podía dejar de pensar en ella.

Una hora más tarde, Bree seguía de espaldas a él cuando entró el médico de Will.

—¿Señor North? ¿Señora North?

Cuando ella abrió los ojos y miró a Michael, se sonrojó.

—Soy la esposa de Will North —dijo Bree—. Michael North es mi cuñado.

—Comprendo. Siento la confusión.

Michael solo tuvo que mirar al médico a los ojos para saber lo peor. Will había muerto. Se levantó despacio y estrechó la mano del hombre. Escuchó sus palabras, le hizo las preguntas oportunas y le dio las gracias mientras se le helaba el corazón.

Bree gimoteó con fuerza. A Michael se le nubló la visión. Para tratar de tranquilizarse se fijó en Bree y, al ver que estaba mucho más pálida, le agarró la mano temblorosa. Ella se puso tensa. Después, para su sorpresa, le agarró la mano con fuerza y tiró de él hacia sí. Se agarró a su chaqueta, ocultó el rostro contra su hombro y rompió a llorar.

Michael la abrazó. A pesar de todo, se alegraba de que Bree estuviera allí, de no estar completamente a solas con su sufrimiento.

–Bree –murmuró él–. Todo va a salir bien. El tiempo ayuda… –se calló, incapaz de pronunciar las manidas frases que la gente utilizaba para ofrecer consuelo a otros.

Curiosamente, abrazarla le parecía suficiente. Nunca se había sentido tan conectado con otra persona.

Al cabo de un rato, ella dijo:

–Cuéntales lo de Will a Marcie y a mi madre, por favor… Yo no puedo hacerlo.

–Lo que quieras –murmuró él, y la soltó–. Haré todo lo que quieras.

–¿De veras? Disculpa si me cuesta creer que un hombre sin corazón, de pronto, está dispuesto a hacer cualquier cosa por mí.

–Estás embarazada y llevas al hijo de Will en el vientre. Will ha muerto. Ahora todo es diferente entre nosotros.

–Sí. El hijo de Will –repitió Bree en voz baja.

–Haría cualquier cosa por el hijo de Will, por tanto, por ti también.

Capítulo Tres

Sin duda, los analgésicos la habían atontado. Si no, ¿cómo había aceptado pasar siete noches con Michael en el apartamento de Will?

El hecho de que su edificio no tuviera ascensor nunca le había supuesto un problema. Además, no le gustaban los ascensores ni los espacios pequeños. De niña, un primo mayor la había encerrado en un armario y la había dejado allí. Cuando su madre la encontró, ella estaba histérica. Desde entonces, cada vez que se cerraban las puertas de un ascensor, Bree recordaba la sonrisa que Jeremy le había dedicado antes de cerrar la puerta y apagar la luz.

Bree esperó mientras Michael buscaba la llave para abrir la puerta del apartamento de Will.

—No puedo creer que a pesar de que veías a tu hermano a menudo nunca hayas entrado en su casa hasta ahora.

Michael se puso tenso.

—¿Qué sabes tú acerca de eso?

Ella sonrió.

—Ah, ¿te ha molestado mi comentario?

—Solía recibirme en su apartamento de Upper East Side, pero por algún motivo, desde que se mudó aquí solíamos quedar en mi ático o en algún lugar de la ciudad. Sí que he pasado por aquí un par de veces, pero o él estaba saliendo en ese momento o su compañero de piso estaba en la casa y estaban ocupados. Yo no comprendía por qué tenía un compañero de piso si podía permitirse vivir solo. Cuando se lo pregunté, me dijo que el chico era un buen amigo y que necesitaba un lugar donde alojarse.

–Sí –dijo ella nerviosa. Estaba decidida a cubrir la mentira de Will–. Él todavía vivía aquí cuando nos casamos.

–Debía de ser muy incómodo, con vosotros recién casados y todo eso.

A ella no le gustó su tono, pero no hizo ningún comentario.

Cuando Michael terminó de abrir la puerta, él la agarró del codo para hacerla pasar.

Sorprendida por la manera en que reaccionó su cuerpo cuando Michael la tocó, Bree dio un paso atrás. ¿Cómo podía sentir algo por un hombre que la había mentido y utilizado? Él era la última persona que deseaba que la ayudara, pero era el hermano de Will.

–Esto no es necesario –dijo ella, deseando que no se le notara el nerviosismo–. No quieres quedarte conmigo, y yo no quiero que te quedes. ¿Por qué no lo haces más fácil y te marchas?

–Voy a quedarme –dijo él con firmeza–. Puedes seguir enfrentándote a mí o puedes tratar de sacar lo mejor de la situación. Tú eliges.

Se sentía demasiado débil y agotada como para

enfrentarse a él. Cuando él la empujó una pizca para que entrara, ella se lo permitió.

–¡Guau! –dijo Michael, sorprendido por la decoración y el mobiliario del apartamento–. Esto es impresionante, y completamente diferente a su otro apartamento. No sabía que Will pudiera tener un apartamento así.

De pronto, sintió lástima de Michael. Tony, un diseñador mundialmente famoso en ciertos círculos, era quien había decorado el apartamento. No Will. Las habitaciones eran espaciosas y de techos altos. En las paredes había una llamativa colección de arte y el mobiliario era minimalista. El estilo de Tony.

Michael no tardaría mucho en darse cuenta de que, en realidad, ella no había vivido allí.

Quizá tuviera un papel en el que constaba que Will y ella se habían casado, pero en la casa no tenía nada personal. Un par de pantalones vaqueros y un jersey era todo lo que guardaba en el cajón que Will había vaciado para ella.

Bree había dormido en el sofá durante un par de semanas, preguntándose cómo conseguiría olvidarse de Michael y solucionar el lío en el que se había metido por culpa de él. Las dos únicas cosas de las que estaba segura era de que quería tener el bebé y de que quería conseguir que el restaurante recuperara la estabilidad económica. Will le había prometido que la ayudaría en todo lo que pudiera, tanto personal como económicamente.

–De veras, creo que estaré bien aquí sola.

–Eh, ya hemos hablado de eso. Ya oíste lo que

dijo el médico –murmuró Michael en el mismo tono que había empleado para seducirla–. Estás embarazada. Tienes un hematoma en la cabeza y la tensión un poco baja, así que no deberías quedarte sola durante la próxima semana.

Michael cerró la puerta, se quitó la chaqueta y la tiró sobre el sofá.

–No quiero que te quedes. Eres la persona con la que menos me apetece estar esta noche.

–Lo comprendo, pero aquí estamos, juntos –cerró los cerrojos de la puerta.

–Por lo que he visto en los periódicos, creía que a tu regreso de China tendrías una supermodelo esperándote en la cama –murmuró ella.

Después del acto benéfico, ella había investigado acerca de él en Internet y se había quedado asombrada de la cantidad de mujeres con las que salía. Después de acostarse con ella aquella noche, había vuelto a salir con mujeres de esas. ¿Cómo podía haber pensado que estaba interesado en ella? Se avergonzaba de la atracción que había sentido por él y de todo lo que habían hecho en su cama.

–¿Estás celosa? –preguntó arqueando las cejas.

–Solo alguien tan arrogante y seguro de sí mismo podría tomárselo así.

–Sí, solo yo… –puso una irónica sonrisa–. No me has contestado, cariño. ¿Estás celosa?

–¡No digas tonterías! Es solo que no pude evitar fijarme en un par de noticias que hablaban de ti y de varias modelos. ¿También saliste con ellas para destrozarles la vida?

Michael apretó los dientes y ella se preguntó si se habría molestado. Después, recordó que no tenía corazón.

—No hay ninguna supermodelo, que lo sepas. No hay nadie esperándome. Háblame de lo tuyo con Will. Me sorprendí cuando me contó que os habíais casado, sobre todo después de que me dijeras que no estabas interesada en él. ¿Cómo sucedió? ¿Y cuándo?

Ella se volvió para evitar que él percibiera algo en su mirada.

—Me lo pidió, y le dije que sí. A diferencia de ti, él era un chico estupendo.

—La presa perfecta para una mujer como tú.

—Estás equivocado. Sobre él y sobre mí —se calló porque no había manera de que pudiera defenderse sin meterse en un lío—. Olvídalo —dijo al fin—. No me importa lo que pienses.

Aunque no era cierto.

Michael atravesó la enorme habitación con el ceño fruncido y se detuvo para mirar las fotografías que estaban sobre el piano y en las que aparecían Will y Tony.

El pánico se apoderó de Bree cuando él levantó una de las fotos.

—¿Quién es este chico grande vestido de cuero? Ella se acercó al piano. No necesitaba ver la fotografía para saber que el chico era Tony, vestido con el traje de motorista y luciendo pendientes en las orejas. Will y él estaban brindando en una fiesta que se había celebrado en el restaurante unos meses atrás. Ambos brindaban por el éxito de Chez Z. Will estaba feliz de formar parte del equipo y de compartir su felicidad con Tony.

A Bree se le humedecieron los ojos. ¿Cómo podían haber muerto los dos?

–Es Tony –dijo ella.

–¿El conductor? ¿El mejor amigo de Will que falleció en el accidente? ¿Y su compañero de piso?

–También es nuestro padrino.

Michael dejó la foto sobre el piano.

–Cuéntame otra vez por qué te casaste con Will.

Ella dio un paso atrás.

–¿Tenemos que hablar de ello?

–Tú me has preguntado por mi vida amorosa… ¿Deseabas a mi hermano tanto como me deseaste a mí?

Bree se mareaba solo de pensar cómo había deseado a Michael, e incluso en aquellos momentos seguía pareciéndole atractivo. Deseaba pensar que no era como ella sabía que era, que quizá sí se sentía una pizca atraído por ella. Sin embargo, él ya le había dicho lo que sentía.

–Me casé con él, ¿no?

–¿Por qué?

«Por lo que tú me hiciste. Porque tu maravilloso hermano quería ayudarme y cuidarme, y sabía que tú nunca lo harías. Y porque yo no sabía qué más podía hacer».

Era como si Michael hubiese notado su vulnerabilidad. Le cubrió la mano con la suya, haciendo que le resultara imposible escapar. Al atraerla hacia sí, el brillo de su mirada era de pasión.

Ella miró a otro lado. Michael había sido cruel

con ella y había hecho todo lo posible por olvidarlo.

¿Y por qué no lo conseguía?

—He pensado en ti —murmuró él—. En aquella noche, en todo lo que hicimos y dijimos, aunque lo único que deseaba era olvidarte. Incluso ahora que sé que mentías sobre tu relación con Will, sigues atrayéndome.

Bree trató de liberarse. Era evidente que él aborrecía lo que había sucedido, que no quería nada con ella. Y a Bree le resultaba muy doloroso, a pesar de que sabía que era un hombre frío y cruel.

Cuando él la miró fijamente, ella comenzó a temblar. La asustaba pensar que él pudiera percibir su dolor y comprender lo ingenua que era.

La estrechó contra su cuerpo.

—¿Cómo diablos pudiste casarte con mi hermano?

Bree notó que se le aceleraba el corazón, igual que siempre que estaba entre sus brazos.

Debía recordar que él la había utilizado sin preocuparse por el daño que pudiera hacerle. Él todavía la despreciaba. Ella no podía confiar en nada de lo que él dijera o hiciera.

Michael no merecía que le contara la verdad.

—¿Por qué te casaste con él? —preguntó de nuevo.

—Es complicado.

—Se me dan muy bien las cosas complicadas, así que cuéntamelo. O mejor aún, muéstramelo —susurró él.

—No sé qué quieres decir.

—¿No lo sabes?

De pronto, llevó las manos a su cabello y comenzó a acariciárselo. Le deslizó una mano por el cuello y le rodeó el rostro para sujetarla por la barbilla. Sus caricias eran tan delicadas y seductoras como las de aquella noche. Ella se esforzó por resistirse.

Si él tuviera corazón. Si ella pudiera confiar en él sin tener miedo de sus sentimientos. Sabía cómo era y, aun así, la excitaba.

Le ardía la piel y le flaqueaban las piernas. Solo tenía que tocarla para que ella anhelara sus caricias.

El anhelo era demasiado como para resistirse a él. Sin pensarlo, arqueó la espalda y separó los labios para que la besara. Él le introdujo la lengua en la boca y la besó apasionadamente.

Tenía que resistirse, porque sabía lo que pasaría. Sin embargo, él la abrazó con más fuerza y ella sucumbió ante el deseo confiando en que él sintiera algo más profundo por ella de lo que podía admitir.

Lo único que importaba era que lo había echado de menos y que él había regresado. Cuando la estrechó contra su cuerpo, ella notó su miembro erecto. Daba igual que él negara sus sentimientos, porque sus besos eran sinceros. En esos momentos, ella pensó que él tampoco podía luchar contra la química explosiva que había entre ellos.

Michael la besó una y otra vez, explorando su boca con la lengua. Cuando la rodeó con fuerza por la cintura, se percató de que él estaba temblando más que ella.

Parecía que el tiempo se había detenido mientras él le hacía el amor con la boca y con la lengua, acariciándole el cuerpo con las manos.

Él la sujetaba por el trasero y la acercaba a su miembro poderoso. Ella metió la mano bajo la cinturilla de sus pantalones para retirarle la camisa. Cuando le acarició el abdomen, él se estremeció y gimió antes de separar su boca de la de ella.

Blasfemando en silencio, dio un paso atrás y, al ver que ella se tambaleaba, la sujetó del brazo.

—¿Qué ocurre? —susurró ella, deseando más.

—Has contestado a mi pregunta —dijo él con frialdad—. Todavía me deseas, y eso significa que te casaste con Will por interés. Eres todo lo que pensaba. Nunca te perdonaré por utilizar a mi hermano de esa manera. No te importaba hacerle daño ¿verdad? No, mientras tú consiguieras lo que buscabas.

—¿Qué? —asombrada, lo miró a los ojos.

¿Quién estaba utilizando a quién? ¿Cómo podía ser que Michael la besara de esa manera y después la despreciara justo cuando ella estaba a punto de abrirse a él? ¿La había besado de ese modo solo para tratar de demostrar que tenía razón?

Bree tragó saliva y trató de controlarse, pero estaba demasiado al límite y se sentía vulnerable. Había sido un día largo. Deseaba a Michael y él la despreciaba.

—No te deseo. Las pastillas deben haberme afectado. No, no sabía lo que estaba haciendo.

—Me deseas. ¿Necesitas ayuda para desvestirte o para darte un baño?

–¿Qué? –el cambio de tema le pareció doloroso.

–Puedo cuidar de mí misma –soltó furiosa.

–Entonces, te sugiero que te pongas a ello –dijo él–. El único motivo por el que estoy cuidando de ti es porque le hice una promesa a mi hermano. Confía en mí, te dejaré sola. No te he besado porque deseara hacerlo. Te he besado para saber si deseabas a mi hermano, el pobre cretino. Y no es así. Ve al dormitorio, cierra la puerta y prepárate para acostarte. Mientras espero mi turno para ducharme, veré qué podemos cenar y haré unas llamadas telefónicas.

–Claro, el director ejecutivo que siempre está ocupado cuidando de la fortuna de la familia North y no tiene tiempo de ser humano.

–Tengo otras cosas que hacer aparte de cuidar de ti. Tengo mucho trabajo –se dio la vuelta, sacó su teléfono y se sentó en el sofá.

La persona con la que hablaba debió de haberle ofrecido sus condolencias enseguida porque Michael bajó la voz y comenzó a hablar de Will con una expresión triste. Así que no era completamente insensible, simplemente ella no le importaba.

Bree oyó que repasaba una lista de los preparativos para el funeral y sintió que se le encogía el corazón. Decidió retirarse al dormitorio de Will y de Tony.

Al ver que se marchaba, Michael cubrió el micrófono y le ordenó:

–No cierres la puerta. Si te desmayas tendré

que entrar. Y si no puedo abrir la puerta, la echaré abajo. ¿Lo has entendido?

–No quiero que entres. Y no tengo por qué hacer lo que dices. ¡No te soporto!

–Ya hemos hablado de eso. El médico te ha dado el alta con la condición de que estuvieras bajo mi cuidado hasta el día de la cita de la semana que viene porque estabas manchando. Y tú aceptaste.

–¡La próxima semana! –exclamó ella–. Tenía mucho dolor y no sabía lo que hacía cuando acepté estar una semana contigo.

–La cosa es que aceptaste –dijo él–. Así que haz lo que te digo o te obligaré a hacerlo.

Ella cerró la puerta. Recorrió el moderno dormitorio con la mirada. Estar en el espacio íntimo de Will y Tony hizo que la pena que sentía por su pérdida se apoderara de ella otra vez. Habían sido tan buenos con ella. Confusa, apenada y preocupada por el bebé que llevaba en el vientre, entró en el baño y se miró en el espejo. Estaba pálida, tenía cortes y moretones y algunos mechones de pelo apelmazados por la sangre seca. ¿Cómo se le había ocurrido que Michael podía desearla?

Esa noche la había besado y acariciado solo para demostrarle que podía hacer con ella lo que quisiera. Su único interés era utilizarla para proteger la fortuna de los North. Y por eso también estaba interesado en el bebé. Él sería el heredero de la fortuna familiar.

Si Bree no hubiera aceptado el plan de Will, Michael no estaría allí, ella no lo habría vuelto a besar y no habría constatado que todavía lo deseaba. Tampoco habría tenido que descubrir lo mucho que la despreciaba.

Conteniendo el llanto, comenzó a desvestirse.

Michael no podía dejar de pensar en Bree a solas en el dormitorio de Will.

¿Su hermano y ella habrían sido felices en aquella cama? Por un lado deseaba que ella hubiese hecho feliz a su hermano, pero por otro no podía soportar imaginar a Bree en la cama de otro hombre, aunque fuera su hermano.

Era suya. Michael la deseaba. Y besándola había descubierto cuánto.

¿Cuántas horas habían pasado desde que ella había cerrado dando un portazo? Se movió en el sofá tratando de calmar su inquietud.

Michael le había prometido a su hermano que cuidaría de Bree. Él había ido allí con intención de cumplir su promesa. ¿Y qué había hecho en vez? La había acosado porque necesitaba saber si ella todavía lo deseaba.

Y así era. Su manera de reaccionar se lo había demostrado.

Él no tenía derecho a tocarla. Era la viuda de su hermano y había sufrido un accidente en el que habían fallecido tres personas. Estaba embarazada y su estado era delicado. Debía mantener las manos alejadas de ella, si es que quería protegerla. Y al bebé.

Le pesaban los ojos, y justo cuando estaba a

punto de cerrarlos, ella gritó. Con el corazón acelerado, Michael se puso en pie y atravesó el apartamento.

Abrió la puerta del dormitorio y la llamó:

–¿Bree?

Ella había retirado la sábana a un lado y estaba temblando. Al ver que ella no decía nada, él se percató de que estaba teniendo una pesadilla. Por su culpa, sin duda. Ella lo había pasado muy mal y él no le había facilitado las cosas.

Michael se acercó a su lado. Bree llevaba puesta una camisa de hombre a modo de camisón y le llegaba por las rodillas. La cubrió con la sábana y al ver que continuaba temblando comenzó a acariciarle el cabello.

Dormida parecía joven, inocente e incapaz de mentir. Recordó las manchas de sangre que había en las sábanas la primera noche y en lo inocente que parecía cuando le hizo el amor. Él nunca se había acostado con una mujer tan joven y apasionada por él. Michael había estado a punto de olvidar que era una oportunista dispuesta a engañar al ingenuo de su hermano.

Cuando ella lloriqueó de nuevo y se acurrucó contra él, Michael contuvo la respiración unos instantes para no sobresaltarla.

Entonces, ella le acarició el muslo y él se incendió por dentro. En unos segundos, su miembro sufrió una potente erección.

–Michael –susurró ella–. Michael.

–Estoy aquí –dijo él, preocupado por haberla despertado.

–Voy a tener un bebé. Quería decírtelo… No sabía cómo hacerlo.

–Está bien –la miró.

Ella tenía los ojos cerrados. Al ver que estaba hablando en sueños, él se relajó.

–Sé lo del bebé. Todo está bien.

–Quería que te alegraras por ello.

–Y me alegro.

Se alegraba de que su hermano hubiera dejado algo tras de sí. Al mismo tiempo, deseaba que ella nunca se hubiera liado con Will.

Incapaz de resistir la tentación de acariciarla para tranquilizarla, le colocó la mano en el hombro. Después, la besó en la frente.

–No tengas miedo –susurró–. No permitiré que nadie te haga daño… Ni al bebé tampoco. Lo prometo.

Entre sueños, Bree sonrió.

–Lo sé. Intentas parecer malo y avaricioso.

La ternura que había en su voz le afectó. El olor a fresas que desprendía hizo que recordara lo húmeda y tensa que había estado, cómo había gemido cuando la penetró. Ella había estado perfecta. Y había sido muy cariñosa.

El recuerdo provocó que se excitara de nuevo. Las manchas de sangre en las sábanas eran reales. Nunca se había acostado con otro hombre. Él había sido el primero. No le había mentido, por mucho que él hubiera tratado de convencerse de que era así.

Deseaba abrazarla y preguntarle por qué nunca se había acostado con nadie antes que con él.

Tenía que levantarse y separarse de ella antes de volver a perder el control, besarla, despertarla y... Antes de arriesgar su salud, y la del bebé.

Michael se levantó. No podía permitirse sentir algo por esa mujer.

Cuando se tranquilizó, se acercó a la butaca que Will tenía junto a la cama y se sentó. Su intención era quedarse allí un par de minutos, pero la presencia de Bree le ayudaba a calmar los demonios que lo invadían.

Daba igual lo que ella fuera, no podía dejarla a solas con sus pesadillas.

Antes de darse cuenta, se había quedado dormido.

Bree oyó que una alarma resonaba en su cabeza. Rodó en la cama y gimió. Le dolía todo el cuerpo y tenía un fuerte dolor de cabeza.

Se incorporó. ¿Qué le pasaba? ¿Por qué le dolía todo?

—¿Estás bien?

Confusa, levantó la vista y vio al hombre alto que le había hecho la pregunta.

—¿Michael?

¿Qué estaba haciendo él en su habitación?

Miró a su alrededor y se percató de que no era su habitación, sino la de Will y Tony.

Al ver que Michael continuaba mirándola, ella se sonrojó.

¿Cuánto tiempo llevaba allí?

Bree sintió que la pena la invadía de nuevo. Se

recostó contra la almohada de Will y se cubrió el rostro con las manos. Su querido Will, el hombre que se había convertido en su mejor amigo tras la muerte de Johnny, se había ido.

–Todo era tan agradable antes de verte y de recordar todo lo que ha sucedido –dijo ella–. La realidad es asquerosa.

–Lo sé.

–No quiero levantarme y enfrentarme a otro día sin ellos –dijo Bree–. No quiero estar en su apartamento.

–¿Su apartamento?

–Quería decir en nuestro apartamento. No quiero recordar... Ni tratar de seguir adelante. Es demasiado duro.

–Ya lo sé, pero no tenemos elección. Tenemos responsabilidades.

Él parecía agradable, casi humano. Pero no lo era. Ella debía recordarlo.

–¿Te apetece un café? –preguntó él.

Cuando ella asintió, él desapareció.

Minutos más tarde, regresó con una taza de café humeante.

–¿Qué hora es? –preguntó frotándose los ojos.

–Son las 9 de la mañana –dijo él.

–Nunca imaginé que dormiría hasta las nueve, pero desde que estoy embarazada me pasa a menudo.

–No sé mucho acerca del embarazo, pero tengo entendido que produce cansancio. Has de cuidarte.

El hecho de que él quisiera cuidarla por el bien

del bebé hizo que se enterneciera, pero era una reacción peligrosa. Si no tenía cuidado, empezaría a pensar que era capaz de tratarla bien.

Pero eso no iba a suceder, y ella no podía permitirse desear que él fuera de otra manera.

La noche anterior había soñado que Michael era un buen chico. En el sueño, ella tenía miedo y él había corrido a su lado para consolarla.

Una fantasía ridícula. Él era un hombre frío y despiadado que pensaba lo peor de ella. Se había acostado con ella solo para proteger a su hermano y la fortuna de la familia North.

—He estado pensando. Este lugar es demasiado pequeño para los dos.

Ella asintió.

—Y odio estar aquí porque me recuerda mucho a Will y a Tony .

—Puesto que vamos a estar juntos durante la próxima semana, creo que estaríamos mejor en mi ático.

A Bree se le aceleró el corazón al recordarla primera noche que habían pasado en su apartamento. Lo último que deseaba era pasar una semana en el lugar donde había experimentado tanto dolor.

—No puedo regresar allí. Además, ¿los edificios elegantes de la Quinta Avenida no tienen normas muy estrictas? ¿Aprobarían que una mujer cualquiera como yo, se mudara a vivir en él?

—Deja que yo me ocupe de eso. Y si es cuestión de dinero…

—¿Crees que puedes comprar todo lo que quieres?

44

–Así es, la mayor parte de las veces –la miró a los ojos–. Tiene tres plantas y cinco habitaciones. Allí podrás evitarme mucho más fácilmente que aquí. Y yo a ti también.

–Supongo que eso tiene su atractivo –comentó ella, tratando de hacerle daño. Por algún motivo, la idea de que él quisiera evitarla tanto como ella deseaba evitarlo a él, le resultaba dolorosa.

Él sonrió.

–Por una vez eres razonable. Recoge tus cosas y vayámonos de aquí.

Ella miró el cajón donde guardaba sus cosas.

–No puedo.

–¿Ahora qué pasa?

–Mis cosas todavía están en mi apartamento antiguo.

Al ver que él arqueaba las cejas, continuó:

–Nos casamos de forma precipitada, Will todavía estaba haciéndome un hueco para que trajera mis cosas –se sonrojó y miró a otro lado.

–Muy bien –dijo él–. ¿Qué te parece si después de desayunar vamos a tu casa? Tenemos dar de comer al bebé, ¿no es así?

Bree no podía creer que ella estuviera asintiendo y casi sonriendo, ni que estuviera dispuesta a aceptar mudarse con él, después de lo mal que se había portado con ella la noche anterior.

–¿Podemos ir Chez Z para ver cómo se las está arreglando Bijou?

Él asintió sin poner pegas. ¿Y si la pillaba en un momento de debilidad? ¿Y si ella terminaba confesándole el secreto? ¿De qué sería Michael capaz?

Capítulo Cuatro

Bree se arrepintió de haber ido a Chez Z nada más dejar pasar a Michael por la puerta. Le resultaba imposible no recordar la noche que fue allí con él, aquella en que su vida cambió para siempre y la que la llevó a casarse con Will.

Marcie levantó la vista de la mesa que estaba preparando, sonrió y continuó con lo que estaba haciendo.

Bijou se acercó corriendo para preguntarle a Bree cómo se sentía. Después de mirarla de arriba abajo con preocupación, su madre se quedó más tranquila y le dio las gracias a Michael por cuidar de su hija. Entonces, Bijou se dirigió a comprobar las reservas que había para el día, la disponibilidad del personal y el estado de un pedido que se había retrasado.

Bree recordó a Michael entrando por la puerta solo, vestido con un traje de verano, mirándola fijamente con sus ojos oscuros. Will le había advertido acerca de Michael, diciéndole que era un auténtico cretino en el ámbito de los negocios y que podía ser maleducado e insoportable en sus relaciones con familiares y amantes.

–Es un genio sin corazón que aniquila a nuestros enemigos de manera despiadada. Haría cualquier cosa para ganar. Mi padre siempre decía que él era lo que nuestra familia necesitaba en este mundo competitivo, por eso lo puso al mando. Aunque es adoptado todos tenemos que rendirle cuentas. Créeme, Michael interfiere en todo. Dice que es porque le interesa, y es cierto, pero puede comportarse de forma brusca y difícil.

–¿Y no te importa?

–Sí, pero es un hombre duro. Una vez me contó que se había criado entre lobos, así que lo puedo comprender. Cree que me está protegiendo. Y en realidad lo hace, y se cargaría a cualquiera que considere una amenaza para mí. Le preocupa que tenga una relación cercana con una mujer, así que mantente alejada de él.

–Eso es ridículo. Solo somos amigos.

–Él no lo verá de ese modo. Créeme.

A pesar de las advertencias de Will, cuando Michael coqueteó con ella en el acto benéfico, ella se enamoró de él en el acto. Quizá porque él desprendía demasiada masculinidad, seguridad y simpatía como para que una mujer inocente como ella pudiera resistirse.

Bree nunca había estado con nadie como Michael. En realidad, tampoco había salido con muchos hombres. En la universidad se había enamorado de un chico, pero él le había partido el corazón cuando se enamoró de su mejor amiga. Otros se habían interesado por ella, pero nunca había hecho el amor con ninguno de ellos. Así que, cuando conoció a Michael, allí estaba, con veinte años, virgen y coqueteando con un hombre del que debía mantenerse alejada.

Ella le contó entonces que quería ser editora, pero que su familia necesitaba que ayudara a Z en el restaurante. y no pudo negarse, aunque siempre se había sentido un poco perdida y fuera de lugar entre ellos. «Son personas apasionadas y ambiciosas», comentó.

—Z debió de darse cuenta de que el restaurante te importaba de verdad, por eso lo dejó en tus manos —había respondido él.

—Bueno, el negocio no me va bien, así que, aburrida o no, tengo un problema con ellos por haber fallado a Z.

—¿No puedes dejarlo? Este no era tu sueño.

—Ahora lo es —dijo ella, percatándose de que era verdad—. El restaurante significa mucho para ellos… Y para mí. Inversores, familiares, amigos. Todos han puesto dinero en el restaurante. Para nosotros no solo es un medio de vida. Tiene que ver con el respeto, la familia y el honor. De Z y de toda la gente que quiero. Haría cualquier cosa para salvarlo. Cualquier cosa.

—¿Y tú? ¿Estás segura de que esto es lo que quieres?

—Al principio no lo era, pero ahora sí.

—Te envidio por tener una familia de verdad y el deseo de ayudarla.

Bree hizo una pausa.

—Lo siento. No he parado de hablar. Normalmente no hago este tipo de cosas.

—¿El qué?

La agarró de la mano y ella se estremeció.

–Esto. No salgo mucho con chicos. No tengo tiempo. Estoy segura de que te lo pasarías mejor con otra chica. Con otra mujer.

–Estás muy equivocada –le acarició la muñeca con el pulgar–. No te disculpes por ser quien eres –susurró él–. Me caes bien. He venido hasta aquí porque quería conocerte mejor.

–¿Por qué?

–Creo que sabes por qué.

¿Michael también sentía algo especial?

Continuó acariciándole la muñeca y una ola de deseo la invadió por dentro.

–Will me dijo que eras adoptado.

El rostro de Michael se ensombreció y su mirada se volvió ausente.

Bree se sintió estúpida. ¿Por qué diablos había dicho eso?

–Sí. Soy adoptado –dijo, y se quedó en silencio.

–Lo siento. No debería haber dicho eso.

–No, está bien. No es algo de lo que hable a menudo, pero quiero contártelo. Crecí siendo lo bastante pobre como para saber lo que se siente no siendo nadie.

–Estoy segura de que siempre has sido alguien.

–Pues me sentía como si no lo fuera. Mi padre trabajaba en una refinería y murió cuando yo era un bebé. Nunca lo conocí. Mi madre era masajista y ganaba lo justo para sobrevivir. Tenía muchos novios. Demasiados. A mí no me caían bien, y tampoco me gustaban los regalos que me hacían para sobornarme y que los aceptara. Estaba en tercero cuando conseguí mi primer trabajo, en el muelle. Poco después me compré una segadora de segunda mano y empecé trabajar cortando el césped. Tuve que pagarme los estudios en la universidad de Houston. Mi vida fue dura hasta que mi madre se casó con Jacob North.

—¿Y cómo lo conoció?

—Era un cliente suyo. Yo tenía diecinueve años y acababa de terminar el primer ciclo de universidad cuando se casaron. Le pedí un empleo y me contrató como agente de bolsa. Por aquel entonces no sabía mucho del tema, pero supongo que él vio mi potencial. Con su ayuda avancé rápido. Eso molestó a mucha gente, incluida la mayor parte de su familia, que no apreciaba a mi madre. Justo antes de que mi madre muriera, Jacob me adoptó legalmente. Decía que necesitaba a alguien fuerte en quien pudiera confiar para gestionar sus negocios y velar por los intereses de la familia. Según él, Will, su único hijo, era demasiado débil porque lo habían mimado demasiado. Will, que no tenía interés alguno por los negocios, me aceptó como un hermano de verdad. Igual que yo a él.

»Cuando murió Jacob, Will era todo lo que yo tenía. El resto de los North trató de deshacerse de mí. Pleitearon para tratar de que se incumpliera el testamento, pero perdieron. Excepto por Will, me siento como si hubiese estado solo toda la vida.

—Es una pena.

—Así son las cosas.

Ella se había sentido muy unida a él, cuando después de abrazarla, le había dicho:

—Me resulta difícil confiar en la gente.

¿Y por qué no lo había escuchado? Era demasiado tarde cuando descubrió que intentaba destrozar a todos aquellos en los que no confiaba.

Tratando de no pensar en todo lo que sucedió aquel día, Bree se enderezó y se dirigió a la cocina. Aunque era demasiado temprano para comer, su madre ya había empezado a preparar la comida y el aroma a cebolla frita con hierbas de Provenza invadía el ambiente.

—Haré un *soufflé* –dijo ella–. Cocinar me relaja –y además le ayudaría a no pensar que iba a mudarse con Michael.

Bree se puso el delantal y sacó cuatro huevos de la nevera mientras Michael paseaba por la cocina, abriendo cajones y curioseando en los armarios. Justo cuando ella estaba a punto de decirle que no tocara nada más, le sonó el teléfono y él salió de la cocina para hablar de negocios.

No regresó hasta que ella le dijo que el *soufflé* estaba listo, y se sentaron a comérselo junto a unos cruasanes con mermelada y café.

—Gracias por dejar que viniera aquí –dijo Bree, mientras él comía un pedazo de *soufflé* –. Quería asegurarme de que Marcie y Bijou tenían todo bajo control.

—¿Dónde están tu cocinero y tus camareros?

—Bijou está aquí. Mark llegará más tarde porque ha tenido un problema familiar, pero vendrá a cocinar. Servimos mucha comida para llevar, y para eso no necesitamos más camareros.

—¿Tu madre sabe cocinar?

–Sí y no. Le encanta, así que cocina. Pero Z y yo tuvimos suerte de sobrevivir a sus platos. En alguna ocasión, cuando yo era una niña, se tuvieron que llevar a los invitados en ambulancia después de cenar en nuestra casa. Nosotros solíamos observar a mi madre en la cocina, así sabíamos que platos teníamos que evitar.

–Bromeas.

–Ojalá. Solía hacer un guiso con todo lo que estaba a punto de estropearse e invitaba a comer a alguien.

Él se rio.

–Solo permitimos que empezara a trabajar aquí cuando nos prometió que no cocinaría. Desde que Z murió, se siente mejor ayudando a mantener vivo el sueño de Z. Él era su favorito.

–¿Y eso cómo lo sabes?

Bree no iba a contarle que ella había sido el motivo por el que sus padres se habían visto obligados a casarse, o que su madre la culpaba por haber tenido que dejar su carrera como pianista, así como por un matrimonio infeliz.

–Z era el hijo que tanto esperaban –dijo en lugar de la verdad –. En lo único que mis padres estaban de acuerdo era en lo perfecto que era Z y en cómo lo querían. Cuando nació, yo dejé de existir poco más o menos.

Michael tenía una miga en el labio y ella tuvo que cerrar los puños para evitar quitársela.

–¿Lo odiabas por eso? –Michael se pasó la lengua por el labio y la miga desapareció.

–Z siempre tuvo mucho talento, encanto y seguridad en sí mismo. Me admiraba y me adoraba, ¿cómo podía odiarlo?

–¿Y cuando eras más joven y querías ser editora?

Ella deseó no habérselo contado, y también no haberle hecho tantas preguntas personales. Lo que ella anhelara no era asunto suyo, pero cuando conversaba con él de esa manera, no podía evitar pensar que si lo intentaban podrían tener una relación normal.

–Me encanta leer –dijo ella, incapaz de contenerse–. Las novelas eran una buena manera de escapar de los dramas familiares. Yo quería seguir mi propio camino, pero no sabía cuál era. Cuando Z se hizo famoso y empezó a viajar para grabar programas de cocina, me pidió que me quedara a cargo del restaurante. Ninguno de nosotros éramos capaces de decirle que no. Mi madre también lo habría ayudado, pero se rompió la cadera y estuvo seis meses de baja.

–Cuanto más ocupado estaba Z, más me necesitaba aquí. Y a mí me gusta sentir que me necesitan. Por desgracia, él murió en un momento malo para el negocio. Acababa de expandir el negocio y de firmar con nuevos inversores.

–Como Will –dijo Michael, con un tono serio que provocó que ella deseara haber evitado el tema.

–Will ya era inversor –tomó un poco de *soufflé* antes de continuar–. El restaurante está endeudado. Si yo fallo, mi familia nunca me lo perdonará. Y yo tampoco. Para ellos, cerrar Chez Z sería acabar con el sueño de Z. Creen que aquí sigue vivo. Y yo siento lo mismo.

–Sé bastante acerca de cómo tratar los asuntos familiares y los negocios –dijo Michael, mientras tomaba otro bocado–. No suele ser fácil.

–Tengo que conseguir que funcione, y ahora más que nunca. No solo por mi familia. Tengo que pagar la deuda y ganar un sueldo decente para poder mantener a mi bebé.

–Tú bebé es un North. Has de saber que no tendrás que preocuparte por el dinero. Eres la viuda de Will. Yo me ocuparé de vosotros.

–¿Crees que sabiendo lo que piensas de mí voy a querer depender de ti o del dinero de la familia North?

Will está muerto y tú estás embarazada. Nos guste o no, vamos a tener que estar juntos.

La miró fijamente. Era un hombre muy controlador. ¿Cómo iba a soportar estar con él durante una semana? Era un hombre arrogante que pensaba cosas terribles de ella y que estaba dispuesto a controlar su vida y la de su hijo. ¿Por qué diablos le había preparado algo para comer? ¿Y por qué le había hablado de su familia y había compartido sus sueños con él?

Enfadada consigo misma, Bree se puso en pie. Justo cuando él se disponía a dar otro bocado del *soufflé*, ella le retiró el plato.

–¡Eh! –se quejó él.

Ella sonrió con picardía, y cuando Michael se puso en pie, se acercó al fregadero y tiró el resto del *soufflé*.

–Eso no ha estado bien –dijo él.

–Lo merecías. Hemos perdido mucho tiempo hablando de tonterías. Tengo que ocuparme del restaurante. ¿Por qué no recogemos para que pueda regresar aquí?

–El médico ha dicho que te tomes la semana libre.

–Lo haré. Me sentaré a supervisar, y revisaré unas facturas.

–Sí, claro. Si crees que voy a permitir que te estreses y pongas en peligro a tu bebé solo porque eres una cabezota, no me conoces.

–Mira, tú me estresas más de lo que cualquier otra persona o cosa podría estresarme. Necesito descansar de ti un poco, ¿de acuerdo? Lo último que me hace falta es un niñero controlador. ¿No tienes un que gestionar tu imperio, o alguien más a quien controlar?

–De hecho tengo muchas cosas que hacer, pero nada es más importante que el hijo de Will.

–El heredero de los North.

–Mi heredero.

–Exacto –susurró ella, con un nudo en el estómago–. El único motivo por el que te preocupa tu heredero es porque va a heredar tu preciada fortuna. El dinero es lo único que te importa.

–Me conoces muy bien.

Al ver lo empinada y larga que era la escalera para llegar a la casa de Bree, Michael se volvió hacia ella y le dijo:

–No puedes subir todas esas escaleras. El médico ha dicho que no puedes hacer esfuerzos, así que vas a sentarte en un escalón y escribirás una lista detallada de todo lo que necesitas. Me das la llave y esperas aquí mientras yo recojo por ti –sacó una libreta y un bolígrafo del bolsillo.

Rezongando, ella se sentó y escribió la lista. Después, le dijo dónde estaba escondida la llave de su casa. Michael subió hasta el apartamento y se sorprendió al ver que era mucho más pequeño de lo que imaginaba y que estaba desordenado y descuidado. Buscó una bolsa de tela y entró en el baño para recoger la ropa interior, que estaba secándose en un tendedero. También guardó el neceser y un bote de vitaminas para el embarazo. Se dirigió a la habitación y sacó del armario la ropa que pensaba que podía quedarle mejor y algún par de zapatos.

–Eres muy mandón –dijo ella cuando él llegó al piso de abajo y mientras revisaba el contenido de la bolsa.

–Me lo dicen a menudo. ¿Te importa si me lo tomo como un cumplido?

–No. Y eres muy rápido. Lo que has recogido me bastará.

–Eso último sí que es un cumplido.

–Te conformas con poco.

–Contigo, no me queda más remedio. ¿Y cómo es que no tienes ni una sola foto de Will en tu casa?

Ella palideció.

–Las tengo… Las tengo en el ordenador. Pensaba imprimir una y enmarcarla, pero nunca he conseguido hacerlo.

Cuando ella bajó la vista, Michael tuvo la sensación de que ocultaba algo. ¿Qué podía ser?

Michael miró a su abogado con enfado antes de pasar otra hoja del documento. ¿Qué era lo que esperaba?

Nada mejor que un contrato legal para ver la verdad.

No cabía la menor duda de que, al igual que había hecho Anya, su exesposa, el único motivo de que Bree se casara con Will era hacerse con su dinero.

–¿Me estás diciendo que el mismísimo día en que Will se casó con Bree, el día de su boda, él firmó un documento para crear un fondo de un millón de dólares para cuidar del bebé? ¿Y que su prometida estaba con él en su despacho cuando lo firmó? ¿Y ella firmó también?

El abogado asintió:

–Yo no estaba allí cuando entraron, pero esa es la firma legítima. También redactaron nuevos testamentos.

–¿Tú sabías todo esto y no me lo dijiste?

–Yo no redacté los documentos. Tú estabas en Shangái cuando Will me contó que había contratado a otro abogado y que me mandaría los documentos para que yo los revisara antes de que los firmaran.

–¿Podemos incumplirlos?

–Puedes llevarlos a juicio, pero si ella decide luchar por ello, no te merecerá la pena –dijo Roger–. No hace falta que te comente que los pleitos de familia son muy desagradables, tanto emocional como económicamente. Will me dejó muy claro que eso era lo que quería. De hecho, insistió en que le prometiera que si le pasaba algo, te lo diría. Parecía muy ansioso por cuidar de su bebé.

–¿Me mencionó a mí?

–Sí. Y en su nuevo testamento, dejó la mayor parte de su patrimonio a su amigo Tony. No obstante, en el caso de que Tony falleciera antes que él, que es lo que ha pasado, tú quedas como heredero de todos sus bienes.

Eso era extraño. Lo normal sería que un hombre que firma su testamento el día de su boda le dejara todo a su prometida.

–Excepto el millón de dólares que se lleva Bree –dijo Michael.

–No exactamente. A ella no le ha dejado nada. Solo es la fideicomisaria del fondo del bebé.

–Lo que significa que ella puede hacer lo que quiera con el dinero.

–Cuando el bebé cumpla un mes, se depositará otro millón de dólares en su fondo.

–Gracias por aclararme cómo están las cosas –dijo Michael con frialdad.

–Siempre que sea necesario. ¿Hay algo más que pueda hacer por ti?

–¿Sabes cuánto dinero ha invertido mi hermano en Chez Z?

–Lo tengo aquí –Roger le entregó otro documento–. Calculo que Will le debió dar a Bree cercada de un cuarto de millón de dólares.

Michael silbó al leer el documento.

–¿Algo más?

Michael negó con la cabeza.

–No puedo agradecerte lo suficiente que hayas venido.

El abogado se puso en pie y Michael se levantó también para estrecharle la mano. No volvió a sentarse hasta que Roger cerró la puerta al salir.

Bree había hecho que Will firmara documentos el día de su boda. ¡El día de su boda! Y se había atrevido a decir que él era un insensible.

Además, su hermano le había dado casi un cuarto de millón de dólares para el restaurante.

Michael consideraba la situación desconcertante.

¿Cómo era posible que Will le hubiera dejado todo a Tony, un hombre al que nunca había presentado a su familia, y no a su nueva esposa? ¿Y cómo se sentía Bree al respecto?

Confundido, Michael llamó a Eden, su secretaria, para ver cuál era la agenda del día. Antes de terminar la conversación, ella le recordó que había quedado para tomar una copa con el señor Todd Chase a las seis.

–Me dijiste que te recordara que puesto que él irá acompañado de su esposa, tú llevarías a una amiga. Una tal Natalia.

La persona a la que menos le apetecía ver era a

Natalia. Era una mujer muy bella pero siempre se aseguraba de que los periodistas supieran dónde estaba. Habían salido juntos un par de veces antes de que él se fuera a Shangái, más que nada para dejarle claro a Bree que su relación había terminado.

Michael se había olvidado de que había quedado con Natalia esa noche.

–¿Quieres que la llame pare recordárselo? –preguntó Eden.

–No –Natalia se enfadaría si él no la llamaba en persona, sobre todo porque él no había contactado con ella desde hacía un mes.

A pesar de que era una de las mujeres más bellas del mundo, era muy insegura. Una perfeccionista que sólo veía sus defectos y que necesitaba mucha aceptación por parte de los demás. Michael habría preferido regresar a casa con Bree.

Bree se sentía culpable por no poder hacer nada. Estaba en su pequeña oficina tratando de organizar montones de papeles, mientras miraba las noticias y controlaba a Bijou y al resto del personal.

A medida que se acercaba la hora de la cena, Bree se sentía cada vez más obligada a ayudar. Le había prometido a Michael que regresaría a su casa a las seis y media, sabía que esa era la hora de más trabajo en el restaurante, y no quería caer en la tentación de ayudar. Miró el reloj y se dio cuenta de que debía marcharse.

Justo cuando estaba a punto de apagar el televisor, la imagen de Michael apareció en la pantalla. Iba acompañado de una mujer rubia muy guapa que lucía un vestido de color plata muy ceñido y que sonreía a los periodistas. Ambos salían de uno de los mejores hoteles de la ciudad.

Mientras el reportero hablaba emocionado del contrato que había firmado Natalia con una empresa de cosméticos y del proyecto multimillonario que Michael estaba desarrollando en Shangái, Bree no podía apartar la vista de aquella supermodelo que no dejaba de tocar a Michael.

Bree apagó el televisor y, enfadada, dejó el mando sobre la mesa.

No le importaba con quién estuviera Michael, ni lo bella que fuera aquella mujer. Michael no era más que un cuñado mandón que había conseguido que el médico la presionara para que se mudara con él y así poder arruinarle la vida durante el resto de la semana.

No era nadie más.

«Es el padre de la criatura que llevo en el vientre», pensó.

Eso era un detalle que prefería olvidar.

Desde luego no pensaba regresar al apartamento de Michael y quedarse sola en su habitación mientras él estaba disfrutando de la compañía de Natalia. De ninguna manera. Se quedaría donde estaba, con la gente que la quería y la apoyaba. Que fuera el padre de su hijo no significaba que tuviera derecho a mandar sobre ella.

Ese derecho tendría que ganárselo.

***

Michael regresó a su apartamento pasadas las ocho de la tarde. Después de trabajar había ido a recoger a Natalia. Ella lo había avergonzado delante de Todd al quejarse de que no le hubiera llamado ni enviado flores en todo el mes. Y después de que se despidieran de Todd y de su esposa, ella le había montado un numerito.

Por desgracia, Michael estaba muy cansado después de haber pasado la noche junto a la cama de Bree y no había podido evitar estallar.

Al día siguiente le enviaría una nota disculpándose, un ramo de rosas y un regalo de despedida.

Se quitó la chaqueta y la dejó sobre una silla. Atravesó el salón hasta el mueble bar, se sirvió una copa de vodka y se la bebió de un trago. El silencio de la habitación era insoportable.

¿Dónde diablos estaba Bree?

Se dirigió a la habitación donde la había alojado para que no tuviera que subir escaleras ni utilizar el ascensor. Vio que la puerta estaba entreabierta. Se asomó y la llamó. Primero con enfado y después con preocupación.

Michael no tardó mucho en darse cuenta de que no estaba allí. Tiró la copa contra el suelo, se volvió y salió del apartamento.

Capítulo Cinco

Al entrar al restaurante y no ver a Bree por ningún sitio, Michael se dirigió a hablar con Bijou.

—¿Todavía está aquí?

Bijou arqueó las cejas.

—Le he dicho que se fuera a casa hace una hora, pero no me ha hecho caso. Está rara. Todo el mundo dice que está centradísima en intentar salvar el restaurante de Z, pero yo opino que es una cabezota. Ha estado todo el día tranquila. Hasta esta tarde. No sé lo que ha hecho que se pusiera en marcha. Le dije que se fuera a casa y, al ver que no me hacía caso, pensé en llamarte, pero no encontré tu tarjeta. Después, empezó el jaleo.

Michael le dio otra tarjeta a Bijou y le preguntó:

—¿Dónde está ahora?

—Nos han devuelto varios platos a la cocina porque el escalope no estaba demasiado crujiente, así que está en la cocina enseñándole a Mark cómo secar bien los escalopes antes de cocinarlos. La pobre está medio muerta, pero ¿crees que me ha hecho caso?

Enojado, se dirigió a la cocina.

Sobresaltada, Bree levantó la vista de lo que estaba haciendo y miró a Michael.

–Te vienes a casa conmigo, ahora mismo –le dijo.

–Ese ático no es mi casa.

–No he venido a discutir –contestó él.

Ella se volvió hacia los empleados que trabajaban en la cocina.

–Ignóralo. No permitas que te haga perder la concentración –dijo en voz alta.

–Si dentro de dos segundos no has recogido tu bolso y lo demás que puedas necesitar, te sacaré de aquí en brazos.

Ella se volvió.

–Aunque creas que puedes gobernar el mundo, has de saber que no eres el único que tiene trabajo que hacer. Yo también.

–No se trata de trabajo. Estás embarazada. Eres la única superviviente del accidente de ayer, en el que murieron tres personas. Estás herida.

–Levemente. Soy joven y fuerte.

–¿Joven y fuerte? Estás agotada y desolada. Un cadáver tiene más vida que tú.

–Tu heredero está perfectamente.

–Aléjate de los fogones –le ordenó él.

–Tiene razón. Vete a casa, cariño –dijo Mark desde detrás–. Te prometo que no te decepcionaremos.

–Está bien –susurró ella, después de oír las palabras de Mark. Miró a Michael y añadió–: Tú ganas. Me voy, pero no me toques. No te atrevas a ponerme la mano encima.

–Ni lo sueñes –repuso él.

Michael se sentía al límite, como si estuviera a

punto de perder el control. ¿Cómo era posible que ella lo afectara de esa manera?

En el coche, el ambiente estaba lleno de tensión. Michael no había dicho ni una palabra desde que habían salido del restaurante, y conducía tan deprisa que Bree tenía miedo de decir algo y distraerlo. Bree se inclinó hacia delante y encendió la radio, confiando en que la música no la dejara pensar.

Michael estiró el brazo y apagó la radio con brusquedad.

–¿Quieres hablar conmigo o no? –preguntó ella, minutos después.

–No, pero prefiero el silencio a esa música infernal.

–Resulta que tu actitud intimidante y tu ira me resultan opresivas.

–Mala suerte… Tú eres el motivo.

–No hacía falta que vinieras a buscarme, podrías haberme llamado.

–Ya. Y tú habrías venido corriendo.

Contenta por haberlo pinchado, se contuvo para no sonreír.

El coche atravesó la oscuridad como un misil y esquivó a un ciclista que los insultó con el dedo.

Bree se agarró a la puerta y suspiró, percatándose de lo afectada que estaba tras el accidente.

–Eh, ¿no será mejor que vayas más despacio antes de que nos matemos o atropellemos a alguien?

–Eres tan temeraria que me sorprende que te preocupe –dijo él, pero levantó el pie del acelerador.

–¿Soy temeraria porque no hago exactamente lo que dices? –insistió ella.

–¿Cuánto tiempo has pasado en el restaurante?

–Todo el día.

–Exacto.

–Deja de quejarte. Todos trabajan mejor si estoy allí –dijo ella–. Debo dinero a muchas personas. No quiero decepcionarlas.

–Ya, eres tan dedicada...

–¿Qué te pasa? Creía que estabas disfrutando de tu cita con esa modelo. Pasándotelo de maravilla.

–¿Qué? –Michael atravesó dos carriles de la carretera hasta llegar al arcén, provocando que el resto de los conductores tocaran el claxon con enfado. Después, detuvo el vehículo y puso las luces de emergencia.

–¿Qué te pasa? –preguntó ella.

–¿Crees que quiero que formes parte de mi vida? ¿Y que aparezcas en cada uno de mis pensamientos? He pasado el día en la oficina tratando de no pensar en ti, ni en la manera en que empleaste tus encantos para engatusar a mi hermano. El pobre idiota se quitó el cinturón para salvarte la vida. ¡Está muerto por tu culpa!

Sus palabras consiguieron su objetivo. Bree también se había atormentado con la idea, pero tragó saliva y sostuvo la cabeza bien alta.

–Eh –dijo ella–, mientras estaba en mi despacho, descansando obedientemente, ¿a quién crees que vi? A ti, en la televisión. Con una de las mujeres más bellas del mundo. Natalia no sé qué.

–Tenía una reunión de negocios. Ella era mi acompañante.

–Ya. Pues no parecías muy preocupado por mí. Y si no ibas a estar en tu ático, ¿para qué iba a pasarme la tarde allí sola llorando por Will y Tony mientras tú estabas divirtiéndote?

–¿Divirtiéndome? Crees que lo sabes todo sobre mí, ¿verdad?

–Sé que quieres que te vean con mujeres como Natalia, y que probablemente sales con ellas para realzar tu imagen, porque no tienes corazón.

–¿No tengo corazón? ¿Ahora resulta que no soy humano?

–Sé que el único motivo por el que te acostaste conmigo fue conseguir que Will me odiara porque tú estabas protegiendo su dinero.

–Con arpías como tú por el mundo, alguien tenía que protegerlo.

–Lo ves, ¡no te intereso para nada! ¿Por qué estás tan preocupado por lo que estoy haciendo?

–¿Que no me interesas? ¿Crees que no me interesas? –se sentía fuera de control y en terreno peligroso, pero no podía echarse atrás. Bree le interesaba demasiado. Ese era el problema.

–Me sentía perdida y muy triste. El restaurante me ayuda a no pensar. ¿Y qué si no fui a tu ático? Tú tenías a Natalia para distraerte, ¿no?

–Calla. Olvídate de Natalia. Ella no significa nada para mí.

–Bueno, pues no te quitaba las manos de encima, y no parecía molestarte.

–No me conoces.Y no sabes cómo me siento.

–¿Qué es lo que sientes?

–Decepción, desilusión, que eres tan mala como pensé que eras.

Las palabras de Michael resultaron dolorosas.

Él desabrochó el cinturón de seguridad de ambos y tiró de Bree hacia él con brusquedad.

–¡Basta! No quiero que me toque un hombre al que no le gusto.

–Ojalá no me gustaras –murmuró él–. Aunque sé quién eres, en cierta manera me he enamorado de la chica dulce e inocente que fingiste ser la primera noche y no puedo quitármela de la cabeza.

–¡Lo último que quiero es pensar en esa noche! –apoyó las manos en su torso y lo empujó.

Michael la besó en los labios.

–No quiero besarte si estás enfadado y dices esas cosas terribles –susurró ella, mientras él la besaba de nuevo–. No me hagas esto.

–No quiero a Natalia, tonta –dijo él, introduciendo la lengua en su boca–. Te deseo a ti –añadió–. A pesar de tu frialdad, te deseo –la besó de nuevo.

Bree podía percibir el intenso deseo que lo invadía por dentro. Michael se sentía tan solo como ella, y también sentía un fuerte deseo que no podía negar, aunque lo intentaba controlar.

No obstante, él la odiaba. Y era un hombre sin corazón que salía con modelos superguapas para aparentar. A ella ni siquiera le gustaba. Entonces ¿por qué permitía que la besara?

¿Y por qué le daba la sensación de que él la besaba como si fuera a morirse si no lo hiciera?

Aturdida, lo rodeó por el cuello y se acercó más a él, diciéndole con un beso que lo deseaba tanto como él a ella.

Michael la besó hasta que notó que la rabia se había disipado y que a ella le costaba respirar. Entonces, comenzó a besarla en el cuello.

Después de un largo rato, él se separó de ella y la miró. Una vez más, la intensidad de su mirada transmitía su deseo. Confusa, ella pensó que nunca había visto tanta tristeza y pasión en la mirada de nadie como la que veía en sus ojos.

¿Cómo era posible que él consiguiera que dejara de ser una mujer sensata y provocara que lo deseara con toda su alma?

«¿Y si no es tan malo como yo pensaba o como él cree que es? Ha venido a buscarme, ¿no? Ha venido porque le intereso».

«Si eso es lo que piensas, eres idiota. Nunca quieres ver la verdad acerca de la gente cuando está implicado tu corazón».

«Mi corazón no está implicado en esto, y no permitiré que se implique».

Bree no sabía qué decir. Al parecer, él tampoco. Sin ofrecerle una disculpa o una explicación, él apagó las luces de emergencia, se puso el cinturón y le pidió que se abrochara el suyo. Demasiado afectada por lo que acababa de suceder como para protestar, ella obedeció.

Continuaron en silencio sorteando el tráfico de Manhattan hasta que alcanzaron la Quinta Avenida. Él salió para ayudarla a bajar del coche, pero ella se apresuró a salir y cerró dando un portazo.

Michael la alcanzó en el ascensor.

–Compórtate al menos mientras estamos en el recibidor –le susurró.

Ella cerró los ojos y respiró hondo, cuando los abrió se fijó en las puertas de bronce del ascensor.

¿Por qué tenía que vivir en el ático? ¿Y por qué había aceptado quedarse allí? ¿Aunque fuera una sola noche?

Su temor debía transmitirse en su mirada, porque él le preguntó:

–¿Vas a contarme algún día por qué tienes miedo de los ascensores?

–A lo mejor algún día –dijo ella.

Además de lo mal que lo había pasado cuando su primo Jeremy la encerró en un armario durante horas, Bree también había sufrido otra experiencia angustiosa.

Había ido a acompañar a su madre a firmar un documento al despacho de su abogado y cuando estaban bajando del ascensor, Bree se dio cuenta de que se le había caído un juguete y entró de nuevo. Por desgracia, las puertas se cerraron y el ascensor ascendió. Ella se puso demasiado histérica como para presionar los botones y el ascensor no paró hasta llegar a la planta superior. Para entonces, ella estaba aterrorizada y temía que nunca volvería a encontrar a su madre.

Michael debió de percibir su deseo de escapar cuando se abrieron las puertas del ascensor, porque la agarró del codo y la animó a entrar. Cuando las puertas se cerraron de nuevo, ella entrelazó las manos y cerró los ojos.

Bree no se dio cuenta de que estaba temblando hasta que Michael murmuro algo para tranquilizarla y la abrazó. Ella debía de haberse resistido, pero no lo hizo.

Cuando se abrieron las puertas otra vez, recobró la compostura y se liberó de sus brazos. En cuanto Michael abrió la puerta de la casa, Bree corrió hasta su habitación y se encerró en ella. Se apoyó en la puerta y esperó a calmarse.

Al momento oyó que él estaba cocinando y percibió el aroma de huevos fritos con beicon. No había comido desde hacía horas y le rugía el estómago.

¿Qué podía hacer para no pensar en que Michael estaba disfrutando de unos huevos fritos mientras ella estaba atrapada allí? Sacó el teléfono del bolso y conectó un par de altavoces externos para poner música y decidió darse una ducha. Quizá, cuando terminara, él ya se habría marchado y ella podría salir a saquearle la cocina.

Al oír la música, Michael no pudo evitar pensar en la mujer que estaba en la habitación de al lado.

¿Y por qué no podía olvidar el sabor de sus labios? ¿O cómo le había clavado las uñas en la espalda mientras la besaba en el coche?

La deseaba. Era la viuda de su hermano y había prometido que la protegería, pero estaba lesionada y era una cazafortunas, así que trató de no imaginarla desnuda en el baño, duchándose y metiéndose en la cama con el camisón transparente que él había recogido en su apartamento. O a lo mejor no llevaba nada.

Se volvió loco. Quería odiarla, pero no era capaz de hacerlo. Lo cierto era que daría cualquier cosa por poder abrazarla otra vez.

¿Quién había seducido a quién? Michael no estaba seguro.

¿Era verdad que él había sido el primer hombre con el que se había acostado? ¿Y qué más le daba? Bree no había perdido el tiempo y había conseguido quedarse embarazada de Will para que se casara con ella.

No obstante, Michael no podía dejar de hacerse preguntas. Había algo en aquel rompecabezas que no encajaba.

Cuando terminó de cenar, Michael enjuagó los platos y los dejó en el fregadero para que Betsy Lou, la asistenta, los fregara por la mañana.

Después, subió a su habitación y se dio una larga ducha pensando en Bree. Únicamente consiguió lo que anhelaba mientras soñaba, cuando ella apareció en sus sueños y se colocó desnuda sobre su cuerpo para hacerle todo lo que él deseaba.

Justo cuando estaba a punto de liberar su tensión sexual, oyó un grito que provenía de dos plantas más abajo.

Bree estaba profundamente dormida y soñando que estaba con Michael en el Mercedes. Él la abrazaba y le susurraba palabras cariñosas al oído.

De pronto, el sueño se torció y apareció fuera del coche, en el arcén, perdida y abandonada. Él estaba dentro del coche besando a Natalia, quien miraba a Bree por encima del hombro de Michael, con expresión de triunfo.

El dolor se apoderó de ella y la despertó bruscamente.

Sentada entre las sábanas, tardó unos instantes en tranquilizarse. Se mordió el labio inferior y pensó en lo que había soñado. Era preocupante. El sueño dejaba en evidencia que deseaba a Michael.

Continuó en la cama, incapaz de dormir, hasta que las ganas de comer algo salado hicieron que se levantara, se pusiera un albornoz de hombre y se dirigiera a la cocina.

Recordaba que había visto una lata de sardinas en la despensa, junto a un bote de mantequilla de cacahuete.

Se prepararía un sándwich con mayonesa, pepinillos, y a lo mejor cebolla y mostaza. También, con un poco de Camembert. Se dirigió a la nevera soñando con la comida y preguntándose si Michael tendría patatas fritas.

Encontró únicamente una cebolla vieja, un poco de queso *cheddar* y un bote de mayonesa. Sacó todo de la nevera y, cuando se disponía a cerrar la puerta, la manga del albornoz se enganchó en la manija y Bree no pudo evitar que todo se cayera al suelo y el bote se rompiera en mil pedazos. Cuando se movió para recogerlos, una esquirla de cristal se le clavó en el talón y gritó.

Al ver que sangraba bastante, se quedó parali-
zada. Se fijó en que había papel de cocina en el
otro extremo de la encimera, pero justo en ese
momento entró Michael con el torso descubierto
y un pantalón de pijama azul.

—Quédate donde estás –le ordenó.

—No quiero molestarte. Puedo cuidar de mí
misma –protestó ella.

—Ya –masculló él–. Ya lo veo.

—Estaba a punto de ir a por el papel de cocina.

—¿Crees que voy a arriesgarme a que te cortes
otra vez antes de saber si lo que te has hecho es
grave?

—Estaré bien.

—Yo me aseguraré de eso.

La tomó en brazos y la sacó de la cocina. Apo-
yada contra su torso, ella no pudo evitar inhalar su
aroma y recordar la noche que había pasado entre
sus brazos después de haber hecho el amor.

—Déjame en el suelo –susurró ella al ver que se
dirigía a las escaleras–. Lo estoy manchando todo
de sangre.

—Menos mal que el suelo es de piedra y que la
asistenta viene por la mañana.

—¿Solo tienes una asistenta para toda esta casa?

—No soy tan desastre como tú.

—Mi apartamento no está siempre como tú lo
viste. El mes pasado estaba preocupada.

—No era una crítica. Simplemente comentaba
un hecho. ¿Crees que me importa cómo tengas tu
apartamento?

—Bájame. ¿Qué estás haciendo?

–Tengo que lavarte el pie y la bañera más cercana está en la segunda planta. Puesto que no te gustan los ascensores, te estoy llevando arriba en brazos.

–Puedo soportar ir en ascensor –dijo ella.

–Ya –sonrió él–. Lo haces muy bien.

–Practico.

–¿Cómo? ¿Cómo el que practica a tocar el piano?

–Más o menos –dijo ella, conteniéndose para no sonreír.

Michael no era un hombre agradable. A ella no le gustaba. No le parecía divertido. Él se estaba riendo de sus temores, y ella debería estar furiosa. Sin embargo, era maravilloso estar entre sus brazos, y ver que él aparentaba estar preocupado por ella.

Cuando llegaron al baño de mármol blanco, él la sentó en el borde de la bañera y se arrodilló para examinarle el pie.

–No es demasiado profundo –le dijo, mientras le quitaba un par de esquirlas de cristal–. Creo que he sacado todas. No mires, o esto te dolerá más.

–¿Qué?

–Cierra los ojos. Tengo que asegurarme de que no quedan cristales.

–¡Ay! –exclamó ella, cuando sacó una tercera esquirla.

–Lo siento. Estaba un poco más profunda que las otras. Creo que ya está. Ahora te lavaré el pie y te pondré un vendaje.

–Creo que podré hacerlo yo sola.

–No –soltó él con firmeza.

Abrió el grifo y esperó a que el agua saliera fría.

–Está demasiado fría –dijo ella cuando le metió el pie bajo el chorro.

–Quédate quieta. El agua fría ayuda a que dejes de sangrar.

–Creo que te gusta torturarme, doctor North.

–Eso también –bromeó él, y le sostuvo el pie bajo el agua fría un rato más. Después buscó una toalla y la secó bien antes de ponerle puntos americanos y un vendaje–. Ya está –añadió–. No creo que tengamos que ir a urgencias.

–Gracias –dijo ella con sinceridad. Después del accidente, lo que menos le apetecía era tener que volver al hospital.

–De nada. Ahora, ¿se puede saber qué estabas haciendo en mi cocina en mitad de noche?

–No tiene mucha importancia.

–Cuéntamelo.

–Me desperté con hambre –le dijo, mirando fijamente el vello negro de su torso.

Cuando él se volvió para doblar las toallas, ella no pudo evitar fijarse en su musculatura.

Michael se volvió de nuevo y posó la mirada en sus labios.

–¿Hambre de qué?

–Si te lo digo, será mejor que no te rías de mí.

–Prometo que no me reiré.

–Quería un sándwich de sardinas.

Michael se esforzó para no reírse, pero no lo consiguió.

–Me lo habías prometido –susurró ella.

—Puesto que he roto mi promesa, estoy en deuda contigo Después de todo lo que te ha pasado, no puedes irte a la cama sin tu sándwich de sardinas.

—No pasa nada. Ya no hay queso ni cebolla, y no tienes nada más en tu nevera. Y de verdad, necesito tomar queso y cebolla con las sardinas.

—Confía en mí. Hay más cebollas y más queso en Manhattan.

—Es tarde. No quiero ser una molestia. Debería dejar que te fueras a la cama.

—Voy a prepararte el sándwich de tus sueños, aunque luego no te lo comas.

—Está bien, acepto, pero solo porque eres demasiado cabezota como para discutir contigo. Eso sí, bajo en ascensor.

—¿Estás segura? —sonrió él.

Ella asintió.

—Solo es una planta. ¿Qué podría pasar?

—Entonces, ¿bajamos juntos o de uno en uno?

—De uno en uno. Así si alguno de los dos se queda atrapado, el otro podrá pedir ayuda.

—Ya —dijo él—. Para que lo sepas, hay un teléfono en el ascensor por si un día te quedas atrapada.

—El teléfono puede no funcionar.

—¿Siempre piensas en el peor de los escenarios?

—Cuando se trata de ascensores, sí.

En la cocina, mientras Bree lo observaba, Michael limpió el suelo y lo tiró todo menos la lata de sardinas a la basura.

–Dime exactamente lo que quieres en el sándwich y llamaré al portero.

Cuando ella le dijo los ingredientes, él arrugó la nariz.

–No te rías de mí.

Él sonrió.

–Está claro que estás embarazada.

Michael llamó por teléfono y cuando colgó dijo:

–Dentro de quince minutos aparecerá un sándwich de sardinas, como por arte de magia –la miró–. He estado pensando en tu restaurante –dijo él, mientras esperaban–. Yo podría ayudarte.

Bree recordaba que él se había ofrecido a ayudarla a cambio de que se convirtiera en su amante.

–¿Y por qué ibas a hacerlo? ¿Qué quieres a cambio?

–Nada. Eres la viuda de mi hermano. Will invirtió un cuarto de millón de dólares en él.

–¿Tanto? No me extraña que tú...

–¿No lo sabías? Pues deberías saber estas cosas.

–Tienes razón. Es que Z se ocupaba de ellas. ¿Y qué es lo que tienes en mente?

–Para empezar, enviaría a un experto al restaurante para que evalúe la situación. ¿Has oído hablar alguna vez de Luke Coulter?

–¿El experto en marisco que sale en televisión? ¿Y quién no?

Luke Coulter era un exitoso restaurador y uno de los cocineros más famosos de Nueva York.

–Z lo consideraba un rival importante. Bijou sabe lo que él opinaba de Luke.

–Bueno, tú no eres Z y tienes graves problemas. Por lo que he leído, Z era un hombre muy creativo, pero también práctico. Estoy seguro de que Z querría que hicieras todo lo posible para tener éxito. Mira, hace poco ayudé a Luke a reestructurar la contabilidad de su restaurante más reciente, así que me debe un par de favores. ¿Por qué no le pido que vaya a Chez Z? Echará un vistazo a los libros de contabilidad, observará cómo trabajan tus empleados y cómo los diriges, probará la comida y te asesorará. No tendrás que hacerle caso, si crees que sus consejos no sirven para tu restaurante.

¿Will había invertido un cuarto de millón de dólares en Chez Z? No era de extrañar que Michael pensara que ella pretendía conseguir todo lo que pudiera. ¿Cuánto dinero debía al resto de los inversores?

La tensión se apoderó de ella. Lo único que sabía con seguridad era que no sabía casi nada.

Z siempre se había encargado de la contabilidad. Ella sólo tenía una ligera idea del coste de la comida y de algunas otras cosas. El restaurante tenía problemas económicos y cada vez iba a peor. Si seguía por el mismo camino, no cambiaría nada.

Decidió que debía dinero a demasiadas personas como para decir que no. ¿Y si Luke la ayudaba a cambiar la situación?

–Está bien –susurró con tensión en la voz–. Gracias. Estaré encantada de oír lo que tiene que decir.

En realidad no estaba contenta. Estaba asustada y nerviosa.

Por suerte, llamaron al timbre.

–¡Estupendo! Ya ha llegado tu sándwich de sardinas, ¡justo a tiempo!

Michael recogió el sándwich y se sentaron de nuevo en la mesa de la cocina.

–¿Quieres un poco? Es demasiado grande para mí –dijo después de desenvolverlo.

Él negó con la cabeza.

–Has de comer por dos. Disfruta.

Bree comenzó a relajarse al ver que ya no hablaban más de negocios. Miró el sándwich y le dio un bocado.

–Cuidado –susurró él, y le entregó una servilleta.

Bree estaba feliz, saboreando la combinación de mostaza, queso y pescado.

Minutos más tarde, ya había comido lo suficiente y dejó el sándwich a un lado.

–¿Has tenido bastante? –sonrió él–. Entonces, a la cama. Yo recogeré.

–¿Por qué de repente eres tan agradable conmigo? –preguntó ella.

–Quizá porque te has herido en mi casa. De pronto se me ha ocurrido que debíamos hacer una tregua. ¿Qué conseguimos siendo desagradables el uno con el otro?

–Tú empezaste –dijo ella, mirándolo con asombro.

–No voy a discutir. ¿Permitirás que también termine yo? ¿Qué opinas? ¿Podemos hacer una tregua?

Al ver que ella dudaba, él sonrió, provocando que recordara los besos que habían compartido en el coche y el delicioso sándwich que había pedido para ella.

—Vamos —la presionó—. Siempre te comportas como si fueras la única que tiene corazón. Demuéstrame que eres una chica liberal y tolerante.

Consciente de que no debía bajar la guardia, ella asintió y salió de la cocina.

Curiosamente se sentía mucho más segura cuando él se comportaba como si quisiera asesinarla que cuando la trataba de manera amable. ¿Estaría intentando que bajara la guardia para rematarla?

Bree tuvo que esforzarse para recordar la fama de despiadado que tenía en el mundo de los negocios y con las mujeres, y lo mal que la había tratado para proteger a su hermano.

Lo que sentía por él no había cambiado. Si era una mujer inteligente, no bajaría la guardia.

Capítulo Seis

—¿Me has preparado ya los costes que tienes de comida?

Luke Coulter sonrió al entrar en el despacho de Bree.

—Todavía no, pero casi. Como dijiste, no he llevado bien los libros de cuentas así que me está costando un poco.

—Es fundamental que sepas lo que gastas. Los números siempre han de estar claros, si no, pueden acabar contigo.

Cuando Bree le entregó su cuaderno, él se sentó frente a ella.

Bree no podía creer lo fácil que resultaba trabajar con él, que siempre estaba de buen humor. Michael lo había llevado al restaurante tres días antes y después de que él observara el funcionamiento del restaurante, revisara las cuentas y probara la comida, le había dicho a Bree:

—No puedes complacer a todo el mundo. Esto es un trabajo. O más que eso, es una profesión. Tu futuro.

Y el futuro de su bebé. ¿Quién sabía si el fondo que le había dejado Will sería suficiente?

—Tienes que llevar la cuenta de todo lo que

compras y de todo lo que vendes, y saber el coste de todos los productos para poder poner un precio adecuado a la comida. No puedes continuar adelantando dinero a todos los empleados, como has estado haciendo. A Marcie le has dado quinientos dólares por adelantado.

—Su hija ha estado enferma.

—No puedes permitirte ser el bote salvavidas de todo el mundo cuando el bote nodriza se está hundiendo. ¿Me permitirás que hable con tus empleados y que establezca una nueva política?

—Sí.

Luke consiguió meter dos mesas más en el comedor trasero, revisó la carta y enseñó a los cocineros a preparar varios platos deliciosos más fáciles y baratos.

—Este lugar puede recuperarse —dijo él, mientras revisaba uno de los cuadernos de contabilidad—. Tienes un personal dedicado y una clientela fiel. Iba muy bien hasta que perdisteis a Z, que era el que llevaba el control de las finanzas. Nadie está robando dinero. La cosa no se ha ido de las manos. No tenemos mucho que enderezar.

—Has sido muy generoso con tu tiempo. No puedo creer que hayas venido en cuanto Michael te llamó.

Luke la miró fijamente con sus ojos azules.

—Michael me dejó claro lo importante que eres para él.

—No es lo que piensas —dijo ella, tratando de no sonrojarse—. Solo trataba de ayudarme.

—Michael nunca ayuda sin motivo. Yo de ti no

subestimaría su interés –dijo Luke–. Ten cuidado. Está muy centrado, es muy calculador y muy peligroso. Tú no eres su tipo.

Ella miró a otro lado.

–Ya, prefiere a las modelos.

–No me refería a eso. Como hombre, es posible que yo vea más allá que tú.

–Prefiero no hablar de Michael, si no te importa.

–Está bien. Podríamos estar todo el día. Michael no es tan fiero como parece a veces. Antes de casarse con Anya era diferente. Ella lo hizo sentir como si no mereciera la pena, como si ninguna mujer pudiera quererlo por otra cosa aparte de su dinero. A causa de su pasado, cuando se sintió que no era nadie. No consigue superar esos sentimientos. Desde que se divorciaron, él se ha centrado únicamente en los negocios y se ha vuelto un hombre duro.

–No sé por qué me estás contando todo esto.

Él se rio.

–¿No lo sabes? Michael no es feliz, y tú tienes debilidad por la gente con problemas. Mira cómo has permitido que Mark no viniera a trabajar en repetidas ocasiones, incluso cuando el restaurante estaba lleno. O cómo has dejado que Marcie se aprovechara de tu generosidad. Michael es como una criatura salvaje herida, y tú quieres curarlo y domarlo. Si no tienes cuidado, te comerá viva.

Ella se sonrojó. Eso ya había sucedido.

–Lo siento –dijo él con amabilidad–. He hablado demasiado. He provocado que te sonrojes y te disgustes de nuevo. Es que es tan evidente que vosotros…

–No estoy disgustada –dijo, pero lo estaba.

–¿Por qué no continuamos con la contabilidad? –murmuró él y señaló una cifra–. ¿Sabías que estabas gastándote todo este dinero en palillos de dientes?

Michael aparcó el Mercedes frente al restaurante, justo a tiempo de ver salir a Bree, riéndose y agarrada del brazo de Luke.

Iba vestida con una blusa de color rosa y una falda de color lavanda. Alrededor de la cintura llevaba un pañuelo de color naranja y, en el cuello, varios collares de cuentas brillantes. Michael recordaba que por la mañana el portero había sonreído al verlos salir del edificio.

Michael nunca la había visto tan animada y feliz. O sí. La primera noche que había coqueteado con ella en el acto benéfico, y después, la noche del restaurante, cuando él la sedujo. Antes de que le contara la verdad.

Bree tenía una sonrisa preciosa, y a él le gustaba el brillo de su mirada y la manera en que se le movían los rizos. Lo que no le gustaba era pensar que estuviera radiante a causa de la presencia de Luke.

Michael quería que Bree lo mirara de esa manera, que se sintiera feliz y relajada cuando estuviera con él.

Cuando él la llamó, Bree se sonrojó y se despidió rápidamente de Luke con un abrazo. Luke sonrió y saludó a Michael con la mano antes de marcharse caminando por la acera.

Bree se acercó al Mercedes con inquietud. Michael abrió la ventana del pasajero y ella se inclinó para hablar con él.

–¿Preparada? –preguntó él.

–Tardo un minuto –dijo sonriendo–. Tengo que ir a por el bolso.

Momentos más tarde se metió en el coche.

–¿Qué tal te ha ido el día? –preguntó él.

–Cada vez mejor. Luke es estupendo.

Michael sabía cómo iba la cosa porque hablaba cada noche con Luke.

–Me alegro.

–Muchas gracias por pedirle a Luke que viniera al restaurante. Ha hecho que reparara en cosas en las que nunca había reparado.

–Me alegro de que esté funcionando –era cierto, pero también sentía envidia de su amigo.

–Sí, aunque han sido tres días muy estresantes.

–Los cambios nunca son fáciles.

–Soy un desastre con el dinero, pero estoy decidida a mejorar.

Cuando él se adentró en el tráfico de la ciudad, ella se calló y miró por la ventana.

–¿Qué tal te ha ido en el médico? –preguntó Michael.

–Muy bien. Me ha dado el alta. El bebé está muy bien. Ahora ya podré vivir sola.

–Te ha dado el alta un día antes, ¿no? –se alegraba de que todo estuviera bien, pero al ver que asentía con una sonrisa se contrarió.

–¿Qué ha dicho de tu pie?

–Qué tenías que haber elegido otra profesión, y que le habrías hecho la competencia si te hubieras dedicado a la medicina. Si vamos a tu casa, recogeré y me perderás de vista enseguida, así no tendrás que aguantar las miradas del portero, bajar a desayunar conmigo ni aguantar mi música.

–Claro.

Era curioso lo poco que le importaba la idea de tener tranquilidad en casa. Quería que Bree se quedara con él. Disfrutaba de su compañía. Deseaba…

Lo que deseaba era muy peligroso.

–He estado ultimando los preparativos del funeral de Will, y hay detalles de última hora que me gustaría que repasáramos juntos.

–Claro. Hablaremos mientras recojo.

Él negó con la cabeza.

–He trabajado a la hora de la comida. Tenemos que comer, ¿por qué no te invito a cenar algo rápido por aquí cerca?

Ella se quejó, pero él la convenció enseguida y la llevó a uno de sus restaurantes favoritos con vistas a Central Park.

–Creía que habías dicho cenar algo rápido –dijo ella, cuando él se detuvo frente a un hotel de cinco estrellas–. Dijiste que íbamos a hablar de los preparativos del funeral.

–Más motivo para elegir un lugar agradable ¿no crees?

–No voy vestida para la ocasión.

–Tonterías. Estás muy guapa.

–Parezco una zíngara con pañuelos y collares.

–Una zíngara preciosa –repuso él.

Esa vez, cuando Bree se sonrojó, Michael supo que quería decirle: No te atrevas a seducirme otra vez durante la cena.

El camarero los llevó a una mesa junto a una ventana con vistas maravillosas. Michael observó a Bree mientras ella contemplaba el parque y la ciudad. ¿Por qué se sentía tan cómodo en su presencia y tan inquieto cuando pensaba en que iba a marcharse de su casa?

Michael pidió el menú degustación y le pidió al sumiller que les sirviera el vino apropiado para cada plato.

–Ya sabes que ahora no puedo beber –dijo ella.

Michael repasó rápidamente los detalles del funeral y después se dedicó a disfrutar de su compañía. El camarero les sirvió un platito con una tartaleta diminuta y otras exquisiteces.

–Un pequeño detalle de la casa –comentó.

–Esto está delicioso, Michael –dijo ella, cuando el camarero se marchó–. No puedo creer que hayan podido conseguir esta combinación de sabores.

A Michael lo único que le importaba era ver cómo Bree se relamía y cerraba los ojos de placer, y tuvo que contenerse para no estirar el brazo y tocarla.

Después les sirvieron una sopa y ella volvió a mencionar lo imaginativa que era la comida y lo exquisita que resultaba la combinación del sabor de los cebollinos con la dulzura del ajo.

Nunca había probado una sopa tan rica hecha

a base de ingredientes tan básicos –dijo ella, asombrada–. ¿Cómo consigue que los sabores sean tan intensos?

A medida que avanzaba la cena parecía que ella se había olvidado de su temor hacia él. Desde luego, Michael se había olvidado de su desconfianza hacia ella.

Estaba tan cautivado por el brillo de su mirada y el rubor de sus mejillas, que apenas oía las voces y las risas de los otros clientes. Era como si ellos fueran las dos únicas personas en el universo.

De postre, Michael pidió un napoleón de chocolate y ella un templado de frambuesas con el helado de vainilla.

–Todo estaba delicioso –dijo ella, mientras lamía el resto del helado que quedaba en la cucharilla con la punta de la lengua.

Una lengua que Michael sabía que era capaz de hacer estupendamente muchas otras cosas eróticas.

Una ola de deseo lo invadió por dentro. La deseaba. Y deseaba que continuara viviendo con él, acostarse con ella otra vez.

Llamó la atención del camarero con la mano y le pidió la cuenta.

Cuando se disponían a marcharse, ella se levantó despacio como si hubiera disfrutado de cenar en su compañía tanto cómo él había disfrutado de la de ella.

–Ha estado muy bien. De veras, muy bien. Te lo agradezco de verdad.

Él asintió.

–Te aseguro que ha sido un placer.

Bree seguía sonrojada cuando el aparcacoches les llevó el coche y Michael la ayudó a subir.

Al salir del hotel Bree notaba que el corazón le latía demasiado deprisa.

No debía confiar en él. Aquella fantástica comida y la divertida compañía de Michael habían provocado que estuviera peligrosamente animada. ¿Habría planeado aquella cena con segundas intenciones?

Michael se colocó al volante. Cuando ella volvió la cabeza, sus miradas se encontraron y Bree se estremeció. Desesperada por el deseo de que la besara de nuevo, miró por la ventana tratando de distraerse.

Un deseo salvaje la invadió por dentro. Deseaba a aquel hombre, el padre de la criatura que llevaba en el vientre. A pesar de la opinión que él tenía de ella y de otros motivos por los que no debería desearlo, lo que más anhelaba era volver a disfrutar en su cama de todo lo prohibido.

No podía rendirse a la tentación.

Y no lo haría. Después de haber pasado unos días con Michael, lo que sentía por él era todavía más intenso. Y llevaba a su hijo en el vientre. Si él la humillaba otra vez, el sufrimiento sería insoportable.

Metería todas sus cosas en la bolsa y saldría de la casa de Michael con la cabeza bien alta.

La distancia la salvaría de sí misma, y de aquel hombre demasiado sexy.

Lo malo era que se había olvidado del ascensor.

Antes de que las puertas del ascensor se cerraran y Bree y Michael quedaran atrapados en él, su corazón ya latía demasiado deprisa. El ascensor arrancó y comenzó a ascender. Bree notó que el corazón se le aceleraba todavía más y miró a Michael.

–No tengas miedo –le susurró él al oído–. Estás completamente segura. Yo estoy en el comité de mantenimiento del edificio y todo está perfecto.

–Tienes razón –dijo ella–. Estoy bien.

–Vamos a asegurarnos de que es así –la abrazó.

–Oh, cielos. Estás helada y temblando. No me digas que voy a tener que mudarme a una planta baja y olvidarme de las vistas de mi ático.

Bree se sintió agradecida al oír que se mudaría de casa por ella, y de que en aquellos momentos la estuviera abrazando. Se acercó más a su cuerpo y, al notar su miembro erecto, suspiró.

–Lo ves, me vuelves loco –le susurró–. No puedo evitarlo. No me importa quién seas o lo que hayas hecho.

–A mí sí me importa lo que tú pienses de mí. No soy la mujer mala que tú crees. No soy tu exesposa, ¿sabes? –murmuró Bree.

–¿Por qué la has mencionado?

–Luke me dijo que se casó contigo por tu dinero.

–No la metas en esto.

–¿La querías?

–No quiero hablar de ella.

–No soy como ella.

Él apretó los dientes, pero no discutió.

–Solo soy una chica sosa y trabajadora.

–Y muy atractiva.

–Prefieres a las mujeres glamurosas.

–Quizá deberíamos concentrarnos en el presente –murmuró él–. Tienes mucho encanto.

Michael la estrechó contra su cuerpo con fuerza y ella se olvidó del miedo o de pensar con sensatez. Lo único que le importaba era el ardiente deseo que veía en su mirada.

Bree le acarició el cabello. Él había sido muy amable con ella los tres últimos días, y esa noche la había cautivado con la comida y su atractivo.

Él la besó en la frente. Su delicadeza e inesperada amabilidad provocaron que Bree sintiera menos desconfianza.

–Abrázame –susurró ella–. Abrázame siempre.

Bree se puso de puntillas y lo besó en la barbilla, tentándolo para que la besara.

–¿Y ahora quién está seduciendo a quién? –bromeó él en tono triunfal.

–No seas tan engreído. En cuanto salgamos de este ascensor, recordaré lo malo que has sido conmigo solo porque estabas empeñado en pensar que soy una persona horrible, y querré evitarte otra vez.

–En ese caso, será mejor que aproveche.

La acorraló contra la pared y la besó de forma apasionada, jugueteando con la lengua en el interior de su boca. Bree notó que el deseo se apoderaba de ella y lo besó también. Michael se percató de lo que le sucedía e inclinó la cabeza para besarle el pezón a través de la blusa.

Cuando levantó la cabeza, sus miradas se encontraron. Él era el padre de la criatura que llevaba en el vientre. Y a pesar de todas las barreras que había intentado erguir contra Michael, sentía cierta conexión con él.

Anhelaba que él quisiera a su hijo, y que algún día llegara a quererla a ella también. Cuando él la besaba de esa manera, una parte de ella creía que eso podía llegar a suceder, que él podía cambiar y llegar a respetarla. A amarla.

Cuando el ascensor se detuvo, él la agarró de la mano y la guio hasta el interior de la casa. Allí, la tomó en brazos y la llevó hasta el dormitorio de al lado de la cocina, besándola como si no pudiera parar.

—He sido un idiota por no admitir lo que sentía por ti. Ninguna otra mujer me ha afectado de esta manera. Los últimos días contigo han sido un infierno, porque te deseaba demasiado. No me importa que manipularas a mi hermano.

Bree deseaba que dejara de decirle esas cosas. Will había exigido que se casara con él por el bien del bebé.

—Yo no manipulé a Will.

—Shh. No me importa.

A ella sí. ¿Cómo era posible que Michael no se diera cuenta?

Él era quien la había manipulado y la había dejado embarazada. Will se había sentido tan mal al enterarse de que su hermano la había abandonado que había insistido en casarse con ella.

Michael la tumbó en la cama con cuidado y se colocó a su lado. Ella abrió los ojos y lo miró mientras él le retiraba el cabello de la frente y la besaba en los labios, la nariz y el cuello.

—No creo en el amor eterno —susurró él, mientras le deslizaba la boca por el cuerpo.

—Lo sé. Te aseguro que conozco todo lo malo de ti.

—Sin embargo, podré darte todo lo demás... Si te vienes a vivir conmigo y te conviertes en mi amante.

—No.

—Te deseo. Nunca más tendrás que preocuparte por el dinero o por perder el restaurante. Te cuidaré a ti, y al hijo de Will. Da igual lo que digas, sé que esas cosas te preocupan.

«Dinero», pensó ella ligeramente enojada.

Michael la deseaba, pero todavía pensaba que podía comprarla. Su relación no era más que otro contrato, con sus cláusulas, y un dinero a cambio de ciertos servicios.

¿Le interesaría algo más aparte del dinero y los negocios?

Para ella, el dinero no era lo más importante. Iba a tener un hijo suyo. Eso era lo importante. Si él se enterara, ¿le importaría? ¿Y qué tipo de trato le propondría?

Bree no podría estar con un hombre como él de forma permanente. Sin embargo, pasar la noche con él era algo distinto. El deseo que había mostrado por ella había provocado que ya no le importara que fuera incapaz de darle lo que quería para ella y para su hijo, una vida llena de compromiso y felicidad, cariño, confianza y amor.

Atrapada bajo su cuerpo poderoso, consciente de que pronto la desnudaría y la poseería, se sentía tan maravillosamente que no quería ni pensar en lo negativo. De pronto, recordó su plan de recoger y marcharse para alejarse de él todo lo posible. Sin embargo, era demasiado débil como para tomar el camino que evitaría que le rompiera el corazón un hombre que parecía carecer de él.

Así que, sonrió y lo besó en los labios.

Disfrutaría de él esa noche. Ya tendría tiempo de negar sus deseos a partir del día siguiente.

Esa noche, lo deseaba demasiado como para alejarse de él.

Estaba radiante tumbada bajo su cuerpo.

Michael tenía la cartera en la mesilla de noche, y el paquete que siempre llevaba estaba abierto. Estaban desnudos, y él había introducido su miembro en el calor húmedo del cuerpo de Bree. Ella estaba tensa, suave. Perfecta, tal y como él recordaba. Mejor de lo que la recordaba. Conocerla más había hecho que su deseo por ella fuera mayor.

El corazón le latía con fuerza y Michael anhelaba retirarse una pizca para volver a penetrarla una y otra vez para satisfacer su instinto animal. Sin embargo, como si ella fuera algo muy preciado, la abrazó para saborear los primeros instantes de la unión de sus cuerpos.

Al momento, una sensación de alivio, que nada tenía que ver con el sexo, lo invadió por dentro.

Se sentía pleno.

De niño nunca se había sentido querido. Siempre le había parecido que su madre no se preocupaba por él. Y ella nunca lo había animado a conseguir lo que deseaba. No obstante, a Michael le había ido muy bien en el mundo de los negocios. Su sentimiento de soledad había ido en aumento, hasta que bajó la guardia y confió en Anya. Ella lo había humillado, provocando que se sintiera tan poco valioso como se había sentido de pequeño. Se había prometido que nunca permitiría que alguien lo hiciera sentirse tan vulnerable otra vez.

Había caído otra vez, Deseaba tanto a Bree que estaba dispuesto a arriesgarlo todo por ella a pesar de que sabía que había utilizado a su hermano. El ardiente deseo que sentía por ella lo aterrorizaba.

No debía permitirse sentir de esa manera, ni desearla tanto. Bree había utilizado a su querido hermano.

Su fortaleza venía del dinero y del poder, no de aquella mujer. Quizá el dinero no podía darle la felicidad, pero con él podía conseguir cosas deseables. Tenía que conformarse con eso.

Bree se movió entre sus brazos y susurró su nombre, provocando que regresara al presente y suplicándole que la besara, que la poseyera.

Michael la besó en la boca y al ver cómo reaccionaba, la deseó aún más.

Introdujo la lengua en su boca y jugueteó con la de ella, y cuando Bree lo abrazó con fuerza él perdió el control. Ella gimió y le clavó las uñas en la espalda.

En ese momento, Michael pronunció su nombre. Destrozado, él la estrechó contra su cuerpo y todas sus diferencias se desvanecieron.

Bree comenzó a besarle el rostro. Eran el uno para el otro, y nada podría interponerse entre ambos. Michael nunca había experimentado tanto placer. A pesar de sus dudas, la felicidad lo invadió por dentro.

Poco a poco, el momento de felicidad compartida fue desapareciendo. Minutos más tarde, cuando ella le estaba acariciando la nuca, él se puso tenso. Cuando era un niño había anhelado una simple caricia.

Michael pestañeó, aterrorizado por si ella notaba lo mucho que esa muestra de afecto significaba para él.

Bree no podía importarle tanto. Tenía que controlar la situación. No podía entregarse a ella por completo. Y no lo haría.

Sin decir palabra, se incorporó en la cama, consciente de que si se quedaba a su lado volvería a hacerle el amor hasta la extenuación. Cada vez que llegaran al orgasmo juntos, Bree lo cautivaría todavía más, hasta que no pudiera vivir sin ella, mientras que a ella solo le importaría su dinero. No quería volver a sentirse cobarde, rechazado y solo como se había sentido de niño.

Consciente de que necesitaba alejarse de ella

para poder sobrevivir, se obligó a subir por las escaleras hasta su dormitorio. Encendería el ordenador y se pondría a trabajar. El trabajo sería su salvación. Así podría olvidarla y sacarla de su corazón.

No era culpa de ella que él no hubiera recibido suficiente amor cuando era niño, y que ninguna mujer lo hubiera hecho sentirse querido de mayor. Controlaría la situación, no admitiría nada ante ella y la olvidaría.

Quería que se marchara de su casa.

Capítulo Siete

Bree experimentó un fuerte dolor en el corazón cuando Michael se separó de ella y se levantó de la cama.

Deseaba pasar otra noche con él como la primera. Deseaba que volviera a tomarla entre sus brazos, que le dijera que se sentía atraído por ella y que la respetaba. Así, quizá podría confiar en él lo suficiente como para confesarle la verdad sobre el bebé que llevaba en el vientre.

De pronto, sintió una imperiosa necesidad de contarle la verdad, agarrarle la mano y suplicarle que se quedara. Sin embargo, permaneció en la cama y lo observó marchar.

Demasiado inquieta para dormir, permaneció despierta al menos una hora.

Al ver que Michael no regresaba a la cama, decidió levantarse. Atravesó el salón y subió por las escaleras hasta el dormitorio. La puerta estaba entreabierta y se veía luz en el interior.

Él no la deseaba, la había abandonado. Debía marcharse, pero ¿y si algo lo inquietaba? Quizá ella pudiera ayudarlo de alguna manera.

Cuando abrió la puerta, lo vio sentado delante del ordenador. Estaba trabajando.

–Michael –susurró, y entró en el dormitorio–. No deberías trabajar a estas horas. ¿Ocurre algo?

Michael no llevaba camisa y, cuando se volvió hacia ella, se le notaron todos los músculos del torso. Tenía los puños cerrados, como si sintiera la necesidad de defenderse de su ataque.

Aunque ella no tenía intención de atacarlo.

¿Qué estás haciendo aquí? –preguntó él, con tanta brusquedad que a Bree se le heló el corazón.

–No podía dormir –murmuró, tratando de tranquilizarlo–. Estaba muy preocupada por ti.

–¿Preocupada? Ya –comentó él con tono enfadado.

–¿He hecho algo mal? Lo de esta noche ha sido maravilloso. Incluso mejor que antes. Esperaba… Pensé que a lo mejor podíamos empezar de nuevo.

–Estoy bien –dijo él. Después, como si no pudiera soportar mirarla, cerró los ojos y le dio la espalda–. Vuelve a la cama. Mañana tengo una reunión importante y, como verás, tengo que repasar algunas cosas.

El dolor se apoderó de ella y, tambaleándose una pizca, clavó las uñas en el marco de la puerta. No sabía cómo consiguió mantenerse en pie.

–No puedes trabajar todo el rato, cariño –dijo ella, atravesó la habitación y lo abrazó.

Él se sobresaltó como si le quemaran las manos.

–Estoy segura de que la reunión irá mejor si duermes un poco –insistió ella.

–Como si pudiera dormir contigo, abajo.

–Puedo quedarme aquí y darte un masaje.

–¡No!

–¡Sí! Estás muy tenso. Tienes los músculos aga-rrotados.

–¡Porque tengo trabajo que hacer!

Bree comenzó a masajearlo y noto su piel ca-liente bajó los dedos. Al ver que él se relajaba y suspiraba, ella respiró hondo y lo besó en el torso.

–No puedo quedarme allí abajo sin ti, cariño. Y menos cuando esta es nuestra última noche jun-tos.

Él dudó un instante antes de cerrar el ordena-dor y rodearla con los brazos.

–Me marché de tu lado porque era lo mejor para los dos.

–No te arrepentirás. Soy muy buena dando ma-sajes –dijo ella–. Incluso una vez hice un curso.

–Bree, cariño –murmuró él–. Ya te he dicho que he subido con la mejor de mis intenciones. No te imaginas cómo me excitas.

–Tienes toda la noche para contármelo, o me-jor, para demostrármelo. Lo que tú prefieras, amor mío.

Él la besó de manera apasionada. Era el beso más cariñoso que le había dado. Sentía algo por ella. Bree estaba casi segura.

Michael la atrajo hacia sí y le abrió el albornoz para acariciarle el cuerpo.

–Te deseo demasiado como para decirte que no –le quitó el albornoz y la llevó a su cama, donde hicieron el amor una y otra vez, tal y como ella ha-bía soñado.

Michael hizo todo lo posible para complacerla,

tal y como ella siempre había imaginado que haría un amante perfecto.

«Si también fuera igual de bueno conmigo en otros aspectos», pensó ella después, mientras permaneció en la oscuridad tumbada a su lado. Se quedaría con él y le contaría lo del bebé. Quizá así su relación se convertiría en otra cosa.

Haciendo un esfuerzo, recordó que él sólo estaba interesado en el dinero.

Y lo curioso era que Michael la despreciaba porque pensaba que ella era igual que él.

A Bree le resultaba difícil concentrarse en recoger mientras Michael observaba atentamente cada uno de sus movimientos.

–Sé que lo mejor para ambos es que esto termine, pero no quiero que te marches –dijo él, mientras bebía un sorbo de café–. No quiero que esto termine, y lo sabes.

Bree lo miró y sintió un nudo en el estómago. El sexo que habían practicado a lo largo de toda la noche la había dejado sensible, tanto física como emocionalmente. Era incapaz de mirar a Michael sin emocionarse.

Él estaba igual de atractivo que siempre, vestido con un traje impecable que se había puesto para asistir a la reunión que tenía aquella mañana.

–Yo también te echaré de menos –dijo ella, con la voz entrecortada.

La noche anterior, entre sus brazos, se había sentido muy feliz y querida.

Iba a echarlo de menos. Mucho. Demasiado. Enfadada, tiró una blusa dentro de la bolsa.

Tenía que hacerlo.

¿Le había dicho alguna vez que ella le importaba como persona? No. Si hubiese sido así, quizá se hubiera planteado aceptar las degradantes condiciones de aquella aventura amorosa pensando en que si conseguía hacerlo feliz existiría la posibilidad de que él cambiara de opinión.

Sin embargo, él era incapaz de ser el tipo de hombre que ella necesitaba en su vida, y él nunca confiaría en que ella pudiera ser la mujer adecuada para él. Entonces, ¿para qué prolongar una relación que no iba funcionar?

«Porque en la cama funciona», oyó que le decía una vocecita en su cabeza–. «Sé justa. No solo en la cama. ¿Recuerdas cómo estuvo ayer durante la cena? Te llevó a un sitio especial. Y estuvo muy cariñoso cuando te curó el pie, y muy protector cuando pasó toda la noche a tu lado en esa horrible silla».

Al recordar todo lo que le había hecho la noche anterior en la cama, ella se sonrojó.

Habían disfrutado de aquella noche juntos y eso nadie podría quitárselo.

–¿Por qué no vienes a vivir conmigo para siempre?

–Quiero tener mi propia casa para poder ser yo misma y que vengan mis amigos a visitarme.

–Aquí puede venir quien tú quieras.

–¿Bromeas? ¿A este edificio elegante de la Quinta Avenida? Tu portero me mira de arriba abajo cada vez que entro. Valoro mi independencia. Y tú valoras la tuya.

—Al diablo con mi independencia. Te quiero a ti.

—Por el sexo.

—No lo niego.

—Eso no basta. Si me quedara no me estaría respetando.

—¿Por qué no?

—Para ti, nuestra relación sería otro trato de negocios. Tú pagarías y yo continuaría durmiendo en tu cama. Así de sencillo.

—No. No es así como sería.

—¿Ah, no? No quieres mantener una verdadera relación conmigo, basada en el respeto y la confianza, y yo no quiero estar con un hombre que no está interesado en mí.

—¿Admites que disfrutas de mí tanto como yo de ti?

Ella se sonrojó otra vez.

—Ese no es el asunto. Crees que lo único que siempre he querido de ti y de tu familia es el dinero.

—Bueno, sé que también te gusto en la cama, así que puede que el dinero no sea lo único.

—¡Lo ves!

—¿Qué quieres decir con eso? Está bien, no quería hablar de esto, pero puesto que insistes en el tema… Sé que hiciste que mi hermano creara un fondo de un millón de dólares para ti y el bebé. Y que hiciste que lo firmara el día que se casó contigo.

—¿Que yo hice que él lo firmara?

—¡Ya me has oído! ¿Niegas que tú firmaras unos documentos para conseguir ese dinero el día de tu boda?

—¡Márchate a trabajar! ¡Ve a tu maldita reunión! Esto es lo que llevas pensando de mí toda la semana… ¿Y anoche mientras hacíamos el amor?

—Sería idiota si me negara a ver la realidad.

—No quiero acostarme con un hombre que siempre piensa lo peor que de mí. ¿Cómo es posible que no puedas entenderlo? No cambiarás nunca. Me alegro de que hayas sacado el tema, porque ahora puedo marcharme sin preocuparme de si te volveré a ver o no.

Las lágrimas afloraron a sus ojos, pero no quería llorar. No podía darle la satisfacción de que se supiera lo mucho que la estaba haciendo sufrir. ¿Por qué no le había preguntado por esos documentos sin más? ¿Por qué siempre pensaba lo peor de ella?

—¿Firmaste o no firmaste los documentos el día que te casaste con mi hermano? —inquirió él.

—¡Sí! ¡Sí! ¡Sí! —exclamó ella—. En esa parte tienes razón. Firmé los documentos —se secó la única lágrima que le rodaba por la mejilla y se volvió—, pero ¡no fue como tú crees, Michael! —sollozó—. Ni por los motivos que crees. ¡Prometo que no! ¿Y me has preguntado la verdad alguna vez? ¡No!

—Te la estoy preguntando ahora y me estás diciendo que no me crea lo que he visto con mis propios ojos. Es decir, ¡tu firma en un documento con fecha del día de tu boda!

Todo había sido idea de Will. Él temía que su hermano no hiciera lo correcto respecto a ella o el bebé.

¿Y Michael se creería tal cosa?

–No soy lo que crees, pero ya no me preocupa lo que opines de mí. Ya he terminado de hablar contigo, y de intentar darte explicaciones. Es inútil tratar de cambiar tu forma de pensar porque quieres pensar lo peor. Ojalá nunca te hubiera conocido, ojalá nunca me hubiera acostado contigo. ¡No quiero volver a verte en toda mi vida! Tampoco quiero que formes parte de la vida de mi bebé. Quiero que crezca siendo capaz de confiar, ¡y eso es algo que tú no podrás enseñarle!

Él palideció.

–Si cambias de opinión, llámame –dijo él, con frialdad–. Te deseo, independientemente de quién seas o de lo que hayas hecho.

Cuando él salió de la habitación, ella agarró la bolsa que tenía sobre la cama y la lanzó contra el suelo, esparciendo su ropa por todos sitios.

Michael parecía perdido y solo, allí de pie, junto a la urna de su hermano. Ella no podía dejar de mirarlo y tuvo que contenerse para no correr a su lado y abrazarlo.

Solo habían pasado dos días desde que le había dicho a Michael que no quería volver a verlo.

Cuando sus miradas se encontraron, ella percibió su tristeza. Michael había querido a su hermano de verdad.

Ella también. Quizá era lo único que tenían en común.

Además del bebé que ella llevaba en el vientre y del cual él no sabía la verdad.

Deseaba acercarse a Michael, agarrarle la mano y decirle algo con la esperanza de aliviar su dolor.

¿Y si le decía que el bebé era suyo y que Will solo se había casado con ella para proteger a la criatura? ¿Aliviaría su dolor?

Michael estaba tan solo. Esa carencia había provocado que se convirtiera en un hombre duro. Sin embargo, Will lo había querido a pesar de conocer sus puntos débiles. Y ese día, Michael tenía que despedirse de la única persona que lo había querido.

Cuando el sacerdote presentó a Michael, este se subió al estrado y comenzó a hablar. Sus palabras provocaron que a Bree se le llenaran los ojos de lágrimas y que se le encogiera el corazón. El resto de los asistentes también estaba gimoteando.

Era curioso que un hombre sin corazón supiera lo que tenía que decir para emocionar a tantas personas. Si él podía hablar y querer de esa manera, ¿por qué no podía amarla a ella y a su hijo?

Bree se secó las lágrimas. Will estaba muerto. Michael era quien era y ella no podría cambiarlo. Tenía que despedirse de ambos hermanos, guardar el secreto y continuar con su vida.

Después del funeral, cuando la familia estaba de pie junto a la urna recibiendo a los asistentes, una mujer de mediana edad y cabello cano, señaló a Bree con su bastón.

–¡Tú! Quería hablar contigo –dijo la mujer–. Michael me dijo que estás embarazada y herida, pero aquí estás, como una rosa.

De pronto, Michael apareció al lado de Bree, pero no dijo nada. Ni siquiera sonrió. Estaba allí, como si quisiera protegerla de la mujer mayor.

Cuando la mujer frunció el ceño, Michael agarró a Bree por el codo.

–He visto cómo te miraba durante el funeral, así que no pienses que no sé cómo van las cosas entre vosotros dos –dijo la mujer–. Ella no quería a Will. Si alguno de vosotros pensáis que yo me he creído por un momento que el matrimonio entre ella y mi sobrino fue algo real, o que el bebé es suyo…

–Aquí no, Alice –le advirtió Michael.

–No puedes detenerme, Michael. Eres igual de codicioso que ella. No me sorprendería descubrir que tú le tendieras una trampa a Will y que la utilizaras a ella como cebo.

–No seas ridícula –dijo Michael–. Déjala en paz.

–No puedes decirme lo que tengo que hacer, y si lo intentas te denunciaré de nuevo.

Michael agarró a Bree con más fuerza y la atrajo hacia sí. Después, miró a Alice fijamente y la mujer se retiró.

–Gracias –dijo Bree, al ver que la mujer se alejaba.

–Te lo dije… La familia puede ser algo complicado –murmuró él–. Ella fue igual de cruel con mi madre.

Afortunadamente, la siguiente persona que se

acercó a ellos fue una mujer mayor encantadora vestida de azul y gris. Le estrechó la mano a Bree y dijo:

–Quería llamarla y decirle cómo siento lo de Will, pero no he conseguido reunir fuerzas hasta ahora. Soy la señora Ferrar, la madre de Tony.

–Siento enormemente su pérdida, señora Ferrar –dijo Bree.

–Lo sé. Tony me contó lo mucho que usted, y la criatura que lleva en el vientre, significabais para Will –miró a Michael–. También me contó lo que usted significaba para Will, señor North. Sé que cuidará bien de Bree y del bebé. Es lo que a Will le habría gustado.

La señora Ferrar abrió los brazos y Bree la abrazó.

–Eso, deme un abrazo. El funeral de Will será mañana. Espero que pueda venir. No sé cómo voy a sobrevivir si la gente como usted, la gente que conocía a Tony, no está a mi lado.

–Iré –le prometió Bree–. Y lo siento muchísimo.

–He estado limpiando su apartamento, y recogiendo las cosas de Tony. Ustedes tendrán que hacer lo mismo con las cosas de Will. El casero me dijo que ya tiene un nuevo inquilino, así que, cuanto antes, mejor.

–Nos ocuparemos de ello, señora Ferrar –dijo Michael.

–Echaré de menos a los dos –dijo la señora Ferrar–, y ustedes también. Tendrá días muy difíciles, pero cuando eso suceda piense en su precioso bebé. Yo tengo nietos. Y me dan tanta vida que me animo con solo verlos en las fotos que tengo. Señor North, quiero que usted también me dé un abrazo. Es una lástima que no llegara a conocer a Tony. A Will le dije más de una vez que estaba seguro de que le caería bien.

–Yo también estoy seguro –dijo Michael, pero al mirar a Bree sus ojos reflejaban dudas nuevas.

Ella tragó saliva.

¿Cuánto tardaría en descubrir la verdad?

Michael cerró su Mercedes, cruzó la calle y se dirigió al edificio de su hermano. Después de una larga semana sin hablar con Bree, y con la pena de la muerte de su hermano, no podía creer que ella hubiera contestado a su llamada y hubiera aceptado encontrarse con él en el apartamento de Will. Suponía que debía agradecérselo a Bijou, a quien había sobornado enviándole una docena de rosas de color rojo.

Si los siete días que había estado sin Bree le habían parecido una eternidad, ¿cómo sería pasar toda la vida sin ella?

Quería hablar con ella, llegar a casa por la noche y estar juntos. Hacerle el amor. Y mucho más. Quería su cariño, su compañía, que sus ojos brillaran cada vez que lo mirara.

Entró en el apartamento y sintió que le daba un vuelco el corazón. Bree estaba cantando y parecía contenta.

–¡Hola! –gritó él.

Ella no contestó y siguió cantando.

–¡Hola!

Ella dejó de cantar, pero no contestó. Michael entró en el dormitorio de Will y la encontró arrodillada delante de una caja llena de jerséis.

Bree se sonrojó y Michael notó que su cuerpo reaccionaba al instante.

—Al parecer, la señora Ferrar se llevó el equipo de música de Tony. Así que estaba cantando algo que Luke tarareó antes en el restaurante.

—¿Luke? Creía que ya había terminado su evaluación de Chez Z. ¿No tiene que dirigir su propio imperio?

—Pasó a verme porque es un encanto. Anoche me llevó a cenar a uno de sus restaurantes para mostrarme algunos trucos más.

«Está claro que quiere ligar con ella», pensó él.

—Lo siento. Sé que no entono muy bien. Luke tiene una voz preciosa.

—No sonaba mal —dijo él, enojado porque hablara tanto de Luke—. ¿Qué puedo hacer para ayudarte?

—Supongo que recogerlo todo.

—Muy bien.

—A lo mejor puedes recoger el salón, así…

—Sí. Así evitarás mi presencia.

—¿He dicho tal cosa?

—La semana pasada fui duro contigo, así que a lo mejor crees que te debo una disculpa.

—¿Por qué? Dijiste lo que pensabas. Me alegra saber lo que piensas de mí. Ahora puedo continuar con mi vida.

Michael respiró hondo y se pasó la mano por el cabello. Sin saber qué más podía hacer, agarró una caja del suelo y se dirigió al salón para guardar los libros. Estuvo allí más de una hora, y cuando terminó con la estantería continuó con el escritorio y el ordenador.

Revisó los cajones y miró todas las carpetas una por una, para ver si eran importantes. En el cajón de abajo encontró varios CD y pinchos que contenían fotos y videos.

Uno de ellos estaba marcado con: «Nuestra primera noche juntos y la luna de miel». Lo cargó en el ordenador. Las fotos no eran de Will y Bree, sino de Will y Tony.

En la primera serie de fotos, aparecían agarrados de la mano. En la segunda, abrazándose. Y después cada vez eran más atrevidas. Ambos aparecían cada vez con menos ropa, y cuando llegó a las fotos en las que aparecían en ropa interior, Michael decidió sacar el disco del ordenador.

¿Cómo no se había dado cuenta de lo que era evidente? Will siembre había sido un hombre sensible y cariñosos. Perfecto en todos los aspectos en lo que Michael no lo era. Recordaba que Jacob solía suplicarle a Will que llevara a una chica a casa. Cualquier chica, había dicho. ¿Lo sospechaba?

Lo haré, papá. Solo tengo que conocer a la chica adecuada.

Justo después de que Jacob muriera, Will se había mudado a aquella casa y se había vuelto muy esquivo.

¿Había evitado presentarle a Tony por miedo a que no aceptara su relación?

Michael la habría aceptado. Quería a Will.

El motivo por el que Bree no tenía ni una foto de Will en su apartamento era porque habían sido amigos y no amantes.

Le había contado la verdad.

Entonces, ¿por qué diablos Will se había casado con ella?

Michael recordó las palabras que su hermano le había dicho antes de morir: «Es una chica estupenda. No es lo que crees. En cierto modo, lo que le has hecho ha sido culpa mía. Prométeme que cuidarás de ella».

«Lo que le hiciste…». ¿A qué se había referido Will?

Michael se levantó y se dirigió al dormitorio otra vez. Bree levantó la vista de lo que estaba haciendo y lo miró:

—¿Qué pasa? ¿Qué ocurre, Michael?

—Will era homosexual.

Ella respiró hondo y evitó su mirada. ¡Lo sabías!

Ella tragó saliva.

—Al parecer, lo sabía todo el mundo menos yo. Incluso mi tía Alice.

Bree se sonrojó.

—¿Quién te ha dejado embarazada? ¿Por qué diablos se casó contigo?

—Es complicado.

—Eso ya me lo has dicho antes. Si él estaba enamorado de Tony, y vivía con él, si nunca ha sido tu amante, tal y como tú me decías, ¿cómo conseguiste convencerlo para que se casara contigo? ¿Quién es el padre de tu bebé? ¿Un hombre al que no conozco? ¡Dime su nombre!

—Cuando me acosté contigo, era virgen. ¡Seguro que eso ya lo sabes! —exclamó enfadada—. ¡Esto es demasiado!

Michael nunca la había visto tan enfadada. Luchando por mantener el control, Bree cerró los ojos. Los abrió de nuevo y dijo:

—No quiero hablar de esto contigo. Ni siquiera ahora.

—Pues yo sí. Tuviste una sórdida aventura e hiciste que mi hermano sintiera lástima por ti...

—¿Una sórdida aventura? ¡Esto es lo que faltaba! ¡Estoy harta de ti! ¡Siempre crees que todo es culpa mía! ¡Fue culpa mía que nos casáramos! ¡Y es culpa mía porque soy codiciosa y manipuladora!

Lo fulminó con la mirada.

—¡Pues no es culpa mía! ¡Es tuya! Cuando te acostaste conmigo para separarme de Will, yo era virgen. ¡Y me dejaste embarazada!

Michael se quedó de piedra. Había tomado precauciones. Siempre empleaba protección.

—No es posible. Yo no he podido dejarte embarazada.

—Al parecer es posible, porque estoy embarazada. ¡Todo esto es culpa tuya, igual que mía! Sin embargo, yo asumo mi parte porque fui la idiota que se acostó contigo.

—¿Estás diciendo que soy el padre y que por eso Will se casó contigo?

—¡Sí! No sabía a quién recurrir. Lloré en su hombro como una tonta. Me dijo que te pondrías en mi contra, y que él haría lo correcto. Sentía que alguien de la familia tenía que ayudarme. Dijo que tú odiabas a todas las mujeres desde que Anya te mintió acerca de su embarazo y te casaste con ella. Y que no sería fácil que cambiaras tu opinión sobre mí. ¡Cuánta razón tenía! Tu hermano tenía sentido del honor, algo que tú no tienes.

Michael comenzó a asimilar sus palabras.

Embarazada. Estaba embarazada.

—¿Estás segura de que es mío?

—¡Maldito seas!

—Lo siento —se disculpó, agachando la cabeza.

—Nunca he estado con otro hombre. ¿Cuántas veces tengo que decírtelo? Y no es que esté orgullosa de ello. Ojalá hubiera estado con diez hombres antes de acostarme contigo, hombres con corazón. Quizá si hubiese sido la cazafortunas que tú crees que soy, habría sabido qué clase de hombre eras. ¡Ojalá estuviera embarazada de otro!

Michael iba a ser padre. Estaba demasiado sorprendido como para decir algo.

Bree llevaba a su hijo en el vientre y había hecho todo lo posible por ocultárselo. No la culpaba por ello.

—Has de saber que hice todo lo posible para protegerte. Todo lo que estaba en mi mano para evitar esto.

—Lo sé. Lo recuerdo. Estoy segura de que con cada trato que cierras se producen montones de daños colaterales. Así que, aquí estamos. Vamos a tener un bebé. ¿Y ahora qué? ¿Cómo vas a conseguir que yo parezca la mala? Sigues pensando que intento manipularte tal y como hizo Anya.

–No. Tú no eres como ella.

–No puedo creer que hayas dicho tal cosa.

Lo que él no podía creer era que hubiera estado tan ciego como para no darse cuenta de la verdad. Ella era muy diferente a las mujeres con las que solía salir y él no había sido capaz de comprender que podía ser sincera.

–¿Ibas a contarme lo del bebé en algún momento?

–Quizá con el tiempo.

–¿Quieres decir un año o así? ¿O dentro de veinte?

–Puede.

–¿Cuál de las dos?

–No lo sé. A lo mejor no te lo habría contado nunca.

Él se pasó la mano por el cabello.

–Maldita seas, Bree.

–La primera noche me dejaste muy claro lo que sentías por mí. Y todas las noches desde aquella.

–Ahora todo es diferente.

–Para mí no, Michael –dijo ella–. Me has hecho daño. Me has dicho lo que opinabas de mí en demasiadas ocasiones, así que creo que es cierto.

–Lo sé. Y lo siento de veras.

–Michael…

Cuando ella lo miró con los ojos humedecidos por el sufrimiento, él se sintió destrozado.

–Lo que hice aquella noche estuvo mal. Y también todas las acusaciones que te hice. Ahora me doy cuenta. Puesto que Will estaba implicado, me apresuré pensado que tenía todos los datos, pero no era así. Siento todo lo que te he hecho, y lo que te dije.

Bree bajó la vista y se mordió el labio.

—Acepto tu disculpa, pero ya nada importa.

Michael respiró hondo.

—Quiero arreglar todo esto, pero no sé cómo hacerlo.

—Es demasiado tarde para nosotros.

—Vamos a tener un hijo —dijo él—. Debemos hacer lo que esté bien para él. Casarnos, quizá…

—¿Qué? ¿Casarnos? ¿Estás dispuesto a casarte conmigo porque te sientes culpable? ¿O porque quieres controlar a tu heredero? ¿Estás loco? No lo has pensado bien. No quieres casarte conmigo y, desde luego, yo no quiero casarme contigo. Nos arruinaremos la vida mutuamente.

—Escúchame. Vas a tener a mi hijo, o a mi hija.

—Ya te lo he dicho, a tu preciado heredero.

—Escúchame…

—¡No! ¡Escúchame tú, para variar! Quiero casarme con un hombre que me quiera, que piense bien de mí, y tú no eres capaz de eso. Lo único que se te da bien es ganar dinero.

Al ver que Michael se acercaba a ella, dio un paso hacia atrás para evitar que la tocara.

—Te deseo —murmuró él—. Te deseo mucho y no quiero volver a hacerte daño.

—Me lo harás, porque no puedes amarme. No puedes amar a nadie. El dinero es lo único que te importa porque es lo que te salvó de la pobreza. Lo siento por ti, pero he aceptado el hecho de que eres como eres, y que por mucho que lo desee no podré cambiarte. No voy cambiar de opinión. Venimos de mundos diferentes y somos personas muy distintas.

–Puedo cambiar –dijo él, al ver dolor en su mirada–. Conseguiremos que funcione. Lo prometo.

–No creo –ella no se resistió cuando él la sujetó por la barbilla y trató de convencerla con un beso, pero tampoco se acercó a él ni lo abrazó.

–Te deseo demasiado como para dejarte marchar, Bree. Los últimos días han sido un infierno para mí.

–Para mí también, pero lo que sentimos el uno por el otro no tiene importancia. No tenemos los mismos valores. Me has acusado de ir por ahí acostándome con hombres, y yo no soy así. Solo te importa el dinero.

–He perdido a Will y ahora te estoy perdiendo a ti. Y a nuestro hijo.

–No nos has perdido. No puedes perder lo que nunca has tenido.

–Llevas a mi hijo en el vientre, y yo quiero hacer las cosas bien.

–¡Entonces vete de mi vida!

Él la besó con firmeza.

–¡Bésame! –exclamó con impaciencia–. Sabes que quieres hacerlo.

Bree tenía el corazón acelerado y sentía un fuerte deseo, pero no lo abrazó ni le demostró que estaba tentada a hacerlo.

–No… Suéltame –susurró–. Por favor, déjame.

–¿Por qué? Sabes que el sexo sería maravilloso.

–Ya te lo he dicho. Quiero que me valoren

como persona. Esto es otro negocio para ti. Con tal de conseguir el control de tu heredero, estás dispuesto a casarte conmigo.

—Maldita sea, no. Te valoro. O si no... aprenderé a valorarte.

—Lo dices para conseguir lo que quieres, pero sé lo que en realidad piensas o sientes por mí. Siempre pensaste que soy una mujer codiciosa y sin escrúpulos y que podías comprarme.

Él la besó en el cuello.

—Porque antes de conocerte, era lo único que conocía.

—Pues yo no soy así, y no quiero estar con un hombre que me desea pero que no puede respetarme. Nada ha cambiado, excepto que sabes que el bebé que llevo en el vientre es tuyo.

—Puedo cambiar. Puedo aprender. Lo haré.

—Es demasiado tarde. Ahora soy yo la que no confía en ti, Michael. Te mantendré informado de todo lo que pase con el niño. Aparte de eso, hemos terminado.

Se volvió y salió del apartamento, dejándolo allí.

Sintiéndose vacío por dentro, Michael la observó marchar y el silencio del apartamento de Will empezó a parecerle agobiante.

Necesitaba una copa, así que comenzó a abrir los armarios y a rebuscar en las estanterías.

¿Dónde diablos guardaban los licores Will y Tony?

Capítulo Ocho

Era impresionante lo que el dinero podía comprar. Y lo que no: ni la felicidad ni el amor. Ni a la mujer que deseaba en su vida.

Bree lo había evitado durante dos meses.

Michael estaba alojado en uno de los mejores hoteles del mundo en Abu Dhabi y no conseguía dejar de pensar en Bree.

Frotándose las sienes, Michael apagó el televisor y se dirigió al ventanal con vistas a las aguas cristalinas del Golfo Pérsico.

El hotel era de gran lujo. El propietario era un jeque y Michael tenía una reunión con él. Su intención era construir otro todavía más ostentoso, más lujoso y más caro que ese.

Normalmente Michael habría estado emocionado por estar allí, por formar parte de ese ambicioso proyecto, sin embargo, echaba de menos a Bree.

El día que le contó que iban a tener un niño, había estado muy fría por teléfono.

Un niño al que iban a llamar Will.

Se había negado a hablar de cualquier otra cosa aparte de la revisión médica y, cuando terminó, cortó la llamada.

–Te llamaré cuando tenga algo más que contarte sobre nuestro hijo –había dicho ella antes de colgar.

Michael la echaba muchísimo de menos. Ella no contestaba a sus llamadas. Ni a los mensajes de texto. Él le enviaba rosas todos los días y ella siempre las devolvía a la floristería.

Antes de marcharse a Abu Dhabi, él había ido a verla al restaurante, pero ella le había dejado claro que no quería verlo en persona.

Cuando él le contó que su agente había encontrado un apartamento con ascensor para Bree en el mismo barrio en que él que vivía, ella había negado con la cabeza.

–Déjame tranquila, Michael. No quiero hablar de nada más aparte de nuestro hijo.

–Esto es sobre nuestro hijo. Yo pagaré el alquiler.

–Es sobre tu dinero.

–No. Es sobre el bebé. Cuando haya nacido no quiero que lo bajes en brazos cinco pisos de escaleras. ¿Y si te caes?

–Ya lo solucionaré por mi cuenta.

–Llevas a mi hijo en el vientre. ¿Por qué no me dejas hacer esto por ti?

–Sé lo que cuestan los apartamentos en la ciudad –repuso ella–. Un favor así te daría poder económico sobre mí. No quiero depender de ti para nada.

–No permitiré que te quedes en el apartamento y pongas en riesgo a nuestro bebé por esas escaleras –dijo él–. ¿Por qué no dejas que te ayude?

–Sabes por qué. Porque tú empleas el dinero para conseguir lo que quieres. Porque crees que carezco de todo lo que tú me ofreces.

–¡Ya no pienso tal cosa!

–Esto no es un negocio. No estoy en venta. Ni nuestro bebé tampoco. Durante mucho tiempo has usado el dinero para controlar a la gente y no sabes hacerlo de otro modo. ¿Recuerdas cómo solías tratar a Will? Pues yo estoy decidida a no volver a aceptar nada de ti.

–¡Esto no tiene nada que ver con el dinero!

–Contigo, todo es sobre dinero. No puedo vivir de esa manera, ni pensar así. Es demasiado frío.

Hubo un tiempo en el que él pensó que si se volvía lo suficientemente rico, tendría todo lo que deseaba. Estaba equivocado.

Michael no sabía qué podía hacer para recuperar a Bree. Ella no había perdido la virginidad y todavía lloraba por la muerte de su hermano. Puesto que Michael era el hermano de su mejor amigo, ella había confiado en él y se había sincerado. Después, él la había destrozado a propósito.

Para recuperarla debía convertirse en el tipo de hombre que ella admiraba, pero ¿cómo?

¿Y si ella tenía razón? ¿Y si no podía cambiar?

Estaba sentado cerca de la caja del restaurante y cuando levantó la vista del plato, sonrió. Bree salía de la cocina y se dirigía hacia él. Tenía las mejillas sonrojadas y estaba muy guapa con el vestido amarillo y el delantal que llevaba.

Cuando él la miró de arriba abajo, se sonrojó aún más.

–Has de terminar con esto –dijo ella.

–¿Con qué? –Michael ignoró su tono de desesperación.

–Con lo de venir a Chez Z todas las mañanas. Y de avergonzarme constantemente al mirarme así.

Él sonrió todavía más.

–¿Avergonzarte? –preguntó con tono inocente.

Ella agarró una silla y se sentó.

–Sabes muy bien cómo. Mandas flores todos los días.

–Recuerda que soy el chico del dinero. Quedan muy bien en las mesas. Solo trato de proteger mi inversión.

–Pasas por aquí todas las mañanas de camino al trabajo. Desayunas aquí. Y me devoras con tus ojos negros.

–Devorarte… ¿Y qué puedo hacer si eres la cocinera con más talento de todo Manhattan y la más bella?

–¡No te atrevas a hacerme cumplidos!

–Lo siento.

–Llamas tan a menudo que Bijou empieza a sentir lástima por ti. Todos los que trabajan aquí hablan de nosotros y están tomando partido.

–¿Quién va ganando?

–Puesto que mi voto es el único que cuenta ¡yo! Así que, ¡ya basta! Se supone que eres un importante ejecutivo. ¿Por qué no te dedicas a gobernar tu imperio?

–Tengo que desayunar.

–Tenemos una norma... Yo te llamo cuando tengo algo que decirte del bebé, y por lo demás, nos mantenemos a distancia. Por favor, márchate.

–Esa es tu norma. Yo tengo la mía.

–Ese es otro motivo por el que no podemos estar juntos. Mira, tengo que regresar a la cocina para supervisar los preparativos.

–Pensé que te gustaría echarle un vistazo a los documentos de la fundación que estoy creando en honor a Will.

–¿Qué fundación?

–Ofrecerá oportunidades educativas para chicos con problemas de la ciudad.

–¿Y por qué lo haces?

–Por el placer de hacer algo por la sociedad.

–Seguro que tu relaciones públicas te ha dicho que así mejorarías tu imagen.

–¿Esa es la opinión que tienes de mí? ¿No puedes creerte que sea capaz de empatizar con niños que lo están pasando mal, igual que lo pasé yo, y quiera ayudarlos? ¿O que quiera rendirle tributo a Will?

–No. Intentas aparentar que eres menos depredador de lo que eres.

–Quiero ocuparme de ti y de nuestro bebé. Probablemente eso tampoco te lo creerás.

–Michael, vamos a tener un hijo porque ambos cometimos un gran error. Aparte del bebé no tenemos ningún otro motivo para estar juntos.

–Ese es suficiente motivo para mí.

–¡Para mí no! ¿Por qué no te marchas y permites que gestione mi restaurante?

–Está bien, lo entiendo. Crees que siempre estoy motivado por la ambición, incluso cuando intento hacer cosas buenas. Vamos a tener un bebé. Quiero cuidar de ti. ¿Qué tiene de malo?

–Ya te lo he dicho.

–¿Y si estás equivocada? ¿Y si puedo cambiar?

–¿Y si las vacas pueden volar?

–¿Y si pudiéramos olvidar nuestros errores y convertirnos en amigos?

–¿Amigos? Imposible.

–Estoy seguro de que nuestro hijo no estaría de acuerdo si pudiera votar –contestó–. Y otra cosa, he encontrado un edificio en tu vecindario que tiene un apartamento vacío en el primer piso y que creo que sería perfecto para ti.

–Por favor, no me digas que lo has comprado.

–No, pero quiero que lo veas a ver qué te parece. Estoy dispuesto a hacerle al dueño una buena oferta.

–¿Cuántas veces te he dicho que no puedes comprarme? –se levantó de la mesa–. Has terminado de desayunar y yo tengo un día muy ocupado por delante.

–Bien –murmuró él–. Solo para que lo sepas, le he dejado las llaves del apartamento a tu madre, por si ella pudiera convencerte de que vayas a verlo.

–Deja a mi madre al margen de todo esto –se marchó.

Michael la observó hasta que desapareció. Después, se puso en pie y sacó el sobre con la información y las llaves del apartamento. Pagó la cuenta y se dirigió a buscar a Bijou.

–¡Es perfecto! Me encanta el jardín. Intentaré convencerla –dijo Bijou después de ver las fotos–. Es muy cabezota, sobre todo cuando tiene que ver contigo. Puede que nos lleve un tiempo, y quizá necesitemos un milagro.

Bree aceleró el paso y se alejó un poco de Marcie. La tarde era fría y soleada, perfecta para dar un paseo por el parque, siempre y cuando Marcie dejara de hablarle de Michael.

–Creo que deberías planteártelo de nuevo –le dijo Marcie cuando la alcanzó.

Bree, que ya había tenido bastante, se detuvo de golpe.

–Quiero decir, si un hombre rico como Michael estuviera interesado en mí y quisiera comprarme, como tú dices –continuó Marcie–, se lo permitiría.

–Mira, Marcie, me encanta pasear por Riverside Park. Vengo a relajarme y a hacer ejercicio, a olvidarme de los problemas. En estos momentos, Michael es un gran problema para mí, así que, deja de hablar de él o vete a casa.

Marcie frunció el ceño.

–¿Una fundación? ¿Y qué tiene de malo que él dé una fortuna para una causa como esa?

–Te ha contado todo eso para manipularte. Está empleando su dinero para que te formes una buena opinión de él. Es un truco.

–Bueno, si ha creado una fundación para conseguir que te quedes con él. Me parece un gesto romántico y cariñoso.

–Te aseguro que no es cariñoso. Es un hombre calculador que utiliza el dinero en su propio beneficio.

–Hasta hace poco él no tenía una buena opinión de ti, y estaba equivocado ¿no? Ahora se ha dado cuenta.

–No me compares con él.

–Solo te digo que él estaba equivocado, así que, a lo mejor tú también.

–Marcie, Michael me sedujo para conseguir que Will se separara de mí. Eso es algo malo. No se puede confiar en él.

–Es tan atractivo… Y rico. Y parece que le gustas de verdad. Deberías fijarte en cómo te mira. Está loco por ti.

Bree sintió que se le encogía el corazón. Sabía que él quería al bebé, y que la quería en su cama, pero también sabía que no la amaba. Su madre se había casado con su padre porque se había quedado embarazada, y después se había quejado tanto de ello que Bree se había sentido culpable por haber sido el fruto.

–¡Y todas esas flores! Ojalá alguien así hubiera intentado seducirme.

–¿Te está pagando para esto?

–Oye, que no soy la única. En el restaurante todos piensan que deberías perdonarlo.

Bree estaba en el segundo tramo de la escalera que subía hasta su apartamento cuando se percató de que todo estaba a oscuras porque se había fundido una bombilla. Iba cargada con dos bolsas grandes del supermercado y se detuvo un momento.

Le sonó el teléfono móvil y dejó las bolsas en un escalón para buscarlo en el bolso.

Era Michael. Había estado en Asia cinco días, así que no había pasado por el restaurante a molestarla. ¿Habría regresado ya?

En esos momentos, algo se movió dentro de una de las bolsas y el papel se rompió, provocando que las manzanas y las naranjas se cayeran.

—¡No! —exclamó ella, tratando de recogerlas antes de que rodaran escaleras abajo.

—¿Qué pasa? —preguntó Michael.

Al ir a recoger una manzana, Bree perdió el equilibrio y, aunque trató de agarrarse a la barandilla, cayó hacia atrás, golpeándose.

Permaneció acurrucada unos instantes hasta que se le calmó el dolor y oyó que Michael gritaba al otro lado de la línea.

—¿Qué ha pasado? ¿Bree? ¿Estás ahí?

«El teléfono», pensó. Tenía que estar por algún sitio. Michael estaba hablando con ella. ¿Habría regresado a la ciudad?

Haciendo un esfuerzo, se sentó y descubrió que el teléfono estaba en una esquina.

—Estoy en mi escalera —dijo ella, después de conseguir agarrarlo—. Me he caído.

—Maldita sea, Bree. Te dije que esas escaleras eran peligrosas.

—Creo que estoy bien.

—Quédate dónde estás —le ordenó—. No estoy lejos. Tardo cinco minutos.

–No corras… Estoy bien –susurró ella, pero él ya había colgado.

Se puso en pie, se agarró a la barandilla para estabilizarse y subió despacio hasta su apartamento. Una vez allí, se tumbó en el sofá, esperando a que se le pasara la tensión que sentía en el abdomen.

Tenía que estar bien. No podía haberle pasado nada al bebé.

Minutos después oyó que llamaban al telefonillo.

–Soy yo.

–¡Michael! –exclamó con alegría mientras presionaba el botón para abrir.

Él subió corriendo por las escaleras y entró en el apartamento. Cuando la abrazó, ella no se resistió. Estaba muy agradecida de estar entre sus brazos. Él tenía la respiración acelerada y su corazón le latía con fuerza.

–¿Cuánta distancia te has caído? –preguntó con nerviosismo.

–No mucha.

–¿Y cómo te encuentras ahora?

–Al principio estaba temblando, pero ahora estoy mejor. Y me siento afortunada –suspiró y apoyó la cabeza en su pecho–. Todo va a salir bien. No te preocupes.

–Tu médico me ha dicho que nos espera en urgencias para asegurarse de que todo está bien.

–Michael, no es necesario.

–Shh –susurró él, mirándola a los ojos–. Lo es para mí. Deja que te cuide. Solo esta vez… por el bien del bebé.

Al oír verdadera preocupación en su voz, a Bree se le formó un nudo en la garganta.

–Me alegro de que estés aquí –admitió ella, y lo abrazó con más fuerza–. Me alegro mucho.

–Bueno, eso es el comienzo.

Bree estaba tan contenta que cuando llegó la ambulancia que él había llamado ni siquiera se quejó.

Por suerte, el médico confirmo que todo estaba bien.

–Sugiero que subas por las escaleras lo menos posible. Y en cuanto a las relaciones sexuales, te aconsejo que os toméis un descanso durante un par de días. Después de eso, con cuidado.

–Tu médico me cae bien –dijo Michael cuando el médico se marchó.

–Porque está de acuerdo contigo en lo de las escaleras.

–No, porque ha dicho que podemos acostarnos dentro de un par de días.

Ella se sonrojó.

–Te deseo todo el rato, y ha pasado demasiado tiempo –murmuró, antes de besarla–. Te he echado de menos. Y esto también.

El deseo se apoderó de ella.

–Es una lástima que tengamos que contenernos hasta dentro de un par de días.

La expresión de Michael era tan tierna y su mirada tan cálida, que Bree notó cómo se derretía la capa de hielo que se le había formado alrededor del corazón.

Capítulo Nueve

Las luces de la ciudad brillaban como si fueran joyas.

Michael estaba tumbado en la cama, pensando en lo afortunado que era. Desde la caída, Bree había estado muy simpática, había contestado a todas sus llamadas e incluso se había sentado a desayunar con él en el restaurante.

A Bree ya se le notaba una pizca el embarazo y su vientre abultado hacía que Michael se sintiera protector hacia ella.

Iba a ser padre. Quizá, cuando el bebé naciera, ya no se sentiría tan solo.

–Esto no significa nada –murmuró ella, que estaba tumbada en la cama de Michael y acababa de desabrocharse el cinturón.

–Ya –trató de contener su excitación al mirar las curvas voluptuosas de su cuerpo–. Por supuesto que no.

Ella todavía llevaba los pantalones y él los vaqueros.

Durante la cena, habían hablado y él le había contado cosas que nunca le había contado a nadie. En un momento dado, cuando él le confesó lo avergonzado que estaba de las casas en las que había vivido con su madre, Bree había puesto la mano encima de la él.

–Mi madre era un poco como Anya. Elegía a los hombres en función de lo que podían ofrecerle. Yo pensaba que todas las mujeres eran así.

La dulce mirada de Bree había aliviado la tensión que sentía al contarle lo que recordaba de su infancia. Era un tema del que no solía hablar porque hacía que se sintiera débil, sin embargo, al contárselo a Bree se había sentido menos solo y más unido a ella.

Deseaba abrazar a Bree y mordisquearle los pezones, pero sabía que no debía presionarla. La relación que tenían todavía era muy frágil.

–Solo es sexo –dijo ella.

Para él no. Era algo más.

–Lo que tú digas… mientras sigas desnudándote para mí –murmuró él.

Ella se rio.

Después de la caída, él la había convencido para que pasara unos días en su apartamento. Michael estaba en trámites para comprar el apartamento que había visto para ella, pero no se lo había contado porque no quería que fuera motivo de discusión.

–Bésame –susurró ella–. Quiero que me desnudes. Después, te desnudaré yo a ti.

Él sintió que el deseo lo invadía por dentro y suspiró antes de empezar a desnudarla.

–Cómo me excitas –dijo ella, besándolo en el cuello.

Michael se prometió en silencio que confiaría

en ella, pasara lo que pasara. Echó el cuello hacia atrás para que ella continuara besándolo. La había echado mucho de menos. Cada noche, tumbado en la cama del hotel, pensaba en su cuerpo, en su cabello y en su aroma embriagador.

–Bésame tú también –le suplicó ella.

Sus bocas se encontraron y se besaron apasionadamente. Un largo rato permanecieron retozando hasta que el deseo era tan intenso que empezaron a desnudarse rápidamente.

Después, él la tumbó boca arriba, le separó las piernas y se colocó sobre ella, acariciándole el sexo con su miembro.

–Quiero estar así contigo todo el tiempo. Cuando te beso, te siento cerca. Incluso cuando te besé la primear vez.

–Yo siento lo mismo.

Michael la miró a los ojos fijamente. Ella arqueó las caderas, invitándolo a que la poseyera, y él la penetró. Agarrándose a sus hombros, se estremeció y lo abrazó con fuerza.

–¿Por qué te deseo tanto? –susurró ella cuando empezó a moverse–. ¿Por qué?

–Acéptalo sin más, como he hecho yo.

–Así que estoy condenada. Igual que mi madre.

–No digas eso –murmuró él.

Michael se retiró una pizca y la penetró de nuevo. Ella gimió y lo abrazó. Después, él perdió el control y la llevó hasta el éxtasis.

Mientras permanecían con sus cuerpos entrelazados, ella se volvió hacia él.

–Te has acostado con muchas mujeres y yo solo

contigo. Puesto que tengo muchas carencias en mi educación sexual, hay algo que debo saber…

—No me preguntes sobre las otras mujeres. No me importan nada, ¿comprendes?

Ella se puso tensa.

—No me preocupan demasiado. Bueno, a veces un poco, pero ahora no. Soy un bicho raro. Quizá porque era demasiado tímida, estaba demasiado ocupada o porque mi madre siempre me decía que en cuanto me acostara con un chico, él tendría todo el poder sobre mí.

—¿Y qué quería decir con eso?

—Se casó con mi padre porque estaba embarazada de mí. Quería tener una carrera profesional, pero después de quedarse sentía que no tenía elección.

—Ah.

—No puedes imaginar lo culpable que me hizo sentir.

—Lo que hicieron antes de que tú nacieras no es culpa tuya.

—Bijou no es una persona sensata. Piensa que el sexo puede arruinar la vida de una mujer y que somos nosotras las que siempre pagamos el precio.

—No siempre son las mujeres las que pagan ese precio —dijo él, pensando en Anya.

—Bijou no quería que me arruinara la vida igual que se la arruinó ella.

—Entonces, ¿por qué ha sido amable conmigo?

—No tiene sentido. Cuando le dije que había cometido el gran error y que estaba embarazada, no dijo gran cosa. Está impresionada por ti, por quién eres y por lo que has conseguido. Quizá le gusta que seas rico.

–¡Ay!

–Me lo has preguntado. Debe de haberte aceptado por algún motivo.

Él sonrió, contento de que la madre de Bree se hubiese puesto de su parte.

–Y sobre esas mujeres… –insistió ella–. ¿El sexo con ellas es siempre así de bueno?

–No –contestó él–. ¿Cómo puedes preguntarme eso?

–Por curiosidad. He investigado acerca de ellas y todas son muy guapas. Mucho más que yo.

–Bree, cariño, sólo salían conmigo para conseguir lo que deseaban. Las modelos tienen que reforzar su imagen. Yo también las utilizaba. Ese tipo de sexo da placer, pero no implica ningún sentimiento. Yo estaba soltero y necesitaba acompañantes para ir a las fiestas. No te preocupes por ellas porque no tienen importancia.

–Yo tampoco la tengo –murmuró–. Solo estás conmigo por el bebé.

En lugar de tranquilizarla, la besó.

La agente de la inmobiliaria no paraba de mostrarle a Bree lo maravilloso que era el apartamento al que Michael quería que se mudara.

–Bueno, ¿qué te parece? –le preguntó a Bree.

–No lo sé.

–Vives en el mismo vecindario, así que ya sabes lo maravilloso que es. Michael desea tanto que te quedes con el apartamento que está dispuesto a aceptar el precio que ha puesto el vendedor. Créeme si te digo que Michael nunca hace un trato sin negociar. No te imaginas lo despiadado que puede llegar a ser.

–Me hago una idea –por eso no terminaba de confiar en él, a pesar de que se estaba portando muy bien con ella.

–Es muy luminoso, moderno y totalmente renovado. El jardín hace que sea especial.

Si aquella mujer dejara de presionarla, quizá Bree podría pensar.

–No tendrías que gastarte nada. Aunque Michael estaría dispuesto a que lo reformaras. Ha dejado claro que hará cualquier cosa con tal de complacerte.

–Ya le debo mucho dinero por una inversión que hizo su hermano en mi local. No quiero tener más deudas con él.

–Me doy cuenta de por qué está tan pillado contigo. A diferencia de otras mujeres con las que lo he visto, tú tienes principios. Hazme caso, si yo fuera tú, me quedaría con el apartamento. Y con él. Atrápalo antes de que te arrepientas el resto de tu vida. Estamos en Nueva York, las mujeres se lanzan a sus brazos todos los días.

–Solo intenta comprarme.

–Permíteselo. Es muy atractivo y puede ofrecerte la vida del cuento de hadas con el que sueñan las mujeres.

–No le importa nada más que el dinero.

–¿Y qué te crees que es lo que mueve a la gente

136

que vive en esta ciudad? El dinero. Siempre ha sido así. Eres afortunada de que alguien como Michael North haya aparecido en tu vida.

–Me lo pensaré –dijo Bree.

–Tienes mi tarjeta –dijo Lisa–. Ya hablaremos –le dijo antes de marcharse.

Bree miró el apartamento una vez más.

Él podía hacerse cargo de ella económicamente. Eso ya lo sabía, pero ¿podría amarla?

Bree sintió que se le aceleraba el corazón al seguir a la secretaria de Michael hasta su despacho. Michael había cancelado una llamada importante para recibirla.

–Siento interrumpirte sin haberte avisado con más tiempo –le dijo Bree en cuanto Michael abrió la puerta–. Tengo entendido que has retrasado una llamada importante.

–Puede esperar. Pareces disgustada. ¿Estás bien?

Cuando ella asintió, él la estrechó entre sus brazos y la besó.

–¿Qué ocurre? –la guio hasta una butaca y se sentó frente a ella.

Bree sacó un sobre del bolso y lo empujó sobre el escritorio.

Él la miró, agarró el sobre y lo abrió.

–¿Qué es esto? –preguntó mirando el cheque que había en el interior.

–Tengo intención de empezar a devolverte lo que Will invirtió en Chez Z.

–No es necesario.

–Lo dices porque estoy embarazada y sientes que tienes obligaciones hacia mí.

–Las tengo.

–Sé que para ti todo es un negocio.

–Nuestra relación no lo es –dijo él.

–Estoy embarazada de ti, y sientes que tienes que cuidarme. Quiero que comprendas que, aunque esté embarazada, puedo cuidar de mí misma. A partir de ahora, voy a hacerlo.

–Nos acostamos juntos. ¿Se te ha ocurrido pensar que a lo mejor quiero ser generoso contigo?

–No quiero que nuestra relación gire en torno al dinero.

–Entonces, ¿por qué traes este cheque?

–Es una cuestión de principios. No quiero que pienses que ya no te debo dinero porque nos acostamos juntos.

–Vas a tener un hijo mío. Todo es diferente.

–No quiero que pienses que solo estoy contigo por el dinero.

–No lo pienso. El dinero es agua pasada para mí.

–No te creo. Siempre has comprado a las mujeres con las que salías.

–Tú eres diferente. ¿Cuántas veces tengo que decirte que me equivoqué contigo?

–No lo sé.

A veces lo creía. Otras, recordaba cómo la había humillado.

–Supongo que me lo merezco. Sé que te he hecho mucho daño.

–Digamos que lo que me hiciste sentir es difícil de olvidar.

–No quiero volver a hacerte daño. Como sabes, tuve una infancia difícil y sufrí mucho, así que no siempre soy un chico fácil. No quiero que mi pasado sirva de excusa, pero tenía muchos prejuicios sobre las mujeres después de mi relación con Anya. Ahora, todo es diferente. Espero que algún día pueda demostrarte que he cambiado de actitud.

–Por ahora, toma el dinero –susurró ella–. Para mí es importante. Seguiré pagándote cada dos semanas.

–Está bien. Como quieras.

Cuando ella se puso en pie, él la acompañó a la puerta.

–Una cosa más –dijo él–. Puesto que estábamos hablando de finanzas, es buen momento para informarte de que he firmado el contrato del apartamento que viste.

–Oh, no. Ojalá no lo hubieras hecho.

–Lo sé. Es otra prueba de que para mí no eres más que una obligación económica, pero ¿por qué no lo ves de otra manera? La compra del apartamento te dará muchas opciones. Puedes seguir viviendo conmigo en el ático. Anoche te dije que me encanta saber que estás cuando llego a casa. O si necesitas más independencia, puedes mudarte al apartamento.

–No tendré independencia si el apartamento es tuyo.

–Entonces, puedes pagar un alquiler.

–Ya pago uno donde vivo ahora.

–Estoy seguro de que podemos solucionarlo.

No quiero obligarte a que estés conmigo. Solo quiero que el bebé y tú estéis a salvo.

–Me lo pensaré.

–¿Tenemos algún otro asunto económico del que hablar?

Ella negó con la cabeza.

–Bien –la agarró de la mano.

Ella se puso de puntillas, cerró los ojos y lo rodeó por el cuello mientras él la besaba.

–¿Te veré esta noche? –susurró él, acariciándole la mejilla.

Ella asintió.

–Yo cocino. ¿Qué te apetece?

–Nada de comer –su mirada de deseo hizo que a Bree le flaquearan las piernas.

–Estábamos hablando de la cena.

–¿De veras?

Ella asintió.

–¿Filete con patatas?

–Muy bien –dijo ella, pensando en mil maneras de completar el menú.

–Y tú de postre –susurró él, antes de besarla de nuevo.

Capítulo Diez

Habían pasado cuatro semanas y la relación entre Michael y Bree se había vuelto mucho más relajada. Ella se había mudado al apartamento que él había comprado y habían acordado que pagaría un alquiler.

Esa noche, Michael se sentía calmado después de una hora de sexo intenso y de una deliciosa cena que ella había cocinado.

Las puertas del jardín estaban abiertas y la luz de la luna iluminaba el dormitorio.

–Quiero casarme contigo. Quiero que formes parte de mi vida para siempre –dijo él, acariciándole el brazo–. Hemos estado juntos un mes. Creo que funcionará.

–Ya hemos hablado de esto –dijo ella.

–Recientemente no.

–Solo quieres casarte conmigo por el bebé. Tú heredero.

–Nada más enterarme de que estabas embarazada de mí, quise cuidar de ti. Entonces ya te pedí que te casaras conmigo, ¿recuerdas?

–Porque te sentías obligado.

–Dijiste que no, y puesto que te sentías así, me he esforzado mucho en cambiar.

–Porque crees que es la mejor solución.

–Y si te dijera que quizá me siento obligado por el bebé, pero que te quiero en mi vida y que a lo mejor… Te quiero.

Suspirando, ella se apartó de su lado y se incorporó en la cama.

–No te creería, Michael –se cruzó de brazos–, así que no lo hagas.

–¿Por qué no?

–Porque quererme nunca ha formado parte de tus intenciones. Me dirás cualquier cosa para cerrar el trato.

–Te admiro. Me gusta salir contigo. No puedo mantener las manos alejadas de ti. Te echo de menos cuando no estamos juntos, tanto que sufro. Si lo que siento no es amor, servirá hasta que el amor aparezca.

–El matrimonio requiere mucho compromiso. Y para mí, requiere amor.

–El amor solo es una emoción que significa cosas diferentes según la persona.

–Mira, Michael, Will me dijo que eras capaz de decir cualquier cosa para conseguir lo que deseas. Mira este apartamento. Mira la manera en que has conseguido que todos los que me rodean me presionaran para que aceptara mudarme aquí. Todos se han puesto de tu parte.

–Quizá deberías tomártelo como una señal de que debemos estar juntos.

–No, lo tomo como una señal de que harías cualquier cosa para ganar. ¿De veras crees que soy una romántica insensata dispuesta a hacer lo que tú quieres, solo porque me hayas dicho que me quieres?

–¿Crees que lo he hecho solo para ganar más control sobre mi heredero?

–Al principio no, pero tu manera de tratarme la primera noche y después de la muerte de Will, acabó con mi romanticismo. No puedo evitarlo. No es que no me gustes, Michael. Ni mucho menos. Has de saber que me vuelves loca en la cama. Y que me lo paso bien saliendo contigo, pero esto es una aventura. Nada más. Y creo que soy estúpida por seguir adelante con ella, porque no soy lo bastante moderna como para mantener al margen mis emociones en todo momento.

–¿Al margen?

–Sí. No puedo permitirme implicarme demasiado. Tú tienes aventuras con otras mujeres.

–Lo que tengo contigo es totalmente diferente.

–Puede que sea una ingenua, pero sé que una aventura entre dos personas con valores distintos, terminará. No quiero que lo nuestro termine ahora, así que vamos a dejar el tema. Disfrutemos mientras podamos. Más tarde, nos separaremos, y buscaremos la manera de criar a nuestro hijo, ¿de acuerdo?

–¡No! – se levantó de la cama y comenzó a vestirse.

–¿Ahora estás enfadado? Eso no es justo, Michael. Eres tú quien me sedujo y nos metió en este lío. Da igual lo que digas, ¡sé que sólo quieres casarte conmigo porque llevo a tu heredero en el vientre!

–No niego que haya sido un auténtico idiota cuando pensaba que estabas utilizando a mi hermano. Entonces, no era capaz de darme cuenta de quién eras en realidad. Ahora eres tú la que no se da cuenta de quién soy yo. El mes pasado intenté demostrarte que puedo tratarte bien. Pensaba que éramos felices juntos.

–Ha sido divertido.

–Más que divertido, pero si no quieres que lleguemos más lejos, no volveré a presionarte. Si crees que esta relación tiene que ver con cerrar un trato, el trato se ha acabado.

–Michael, para. Has de comprender que nunca podríamos tener un matrimonio de verdad. Mi madre se casó con mi padre porque estaba embarazada y fue terrible. Lo único que tenemos en común nosotros es el bebé. Tú tienes negocios internacionales. Yo soy la dueña de un restaurante. Eso te retendrá.

–Ni lo sueñes.

–¿Por qué no disfrutas de nuestra relación hasta que termine de forma natural y luego ya veremos cómo podemos criar juntos a nuestro hijo?

–Si eso es lo que sientes, quizá tengas razón –dijo él, destrozado–. Quizá estés mejor sin mí. Lo he intentado todo. Se acabó.

–¡Michael!

Él retiró la llave del apartamento de Bree de su llavero y la dejó sobre la mesilla de noche.

–Nuestra relación ha terminado.

No hablaba de corazón, pero terminó de vestirse. ¿Cómo no se daba cuenta de que había cambiado? ¿Por qué no podía aceptar que deseaba estar con ella? ¿Que podía llegar a amarla?

Salió de la habitación anhelando que ella lo siguiera, pero no fue así. Cuando abandonó el edificio, deseó que Bree lo llamara al teléfono y le dijera que le bastaba con lo que él sentía por ella.

Desde la acera, miró hacia arriba y vio a Bree junto a la ventana, envuelta en una sábana.

Estaba pálida como un fantasma y le pareció ver que le brillaban las mejillas. ¿La había hecho llorar?

No debía importarle. Ella lo había rechazado. Cuando ella se alejó de la ventana, él se apresuró calle abajo.

Minutos después, Natalia lo llamó al móvil y él contestó. ¿Por qué diablos no iba a hacerlo?

Bree contempló el techo de la habitación durante horas.

Se sentía perdida y sola. Su aventura con Michael había terminado y el dolor que sentía en el centro de su ser era insoportable.

Horas más tarde, al amanecer, se levantó, se vistió y salió del apartamento.

Se dirigió al parque para despejarse. Se compró un café y continuó caminando.

Michael le había dicho que estaba interesado en ella, que la deseaba. ¿Y si le había estado diciendo la verdad? Recordaba lo bien que la había tratado cuando se cayó por la escalera. Él había dicho que el mes anterior había sido feliz. Y ella había sido feliz con él.

¿Y si realmente podía amarla? ¿Y si aquella relación era algo más importante que un trato para él? ¿Y si de verdad se estaba enamorando de ella y, en lugar de darle una oportunidad, lo había alejado de su lado?

Sintiéndose como una idiota, sacó el teléfono de su bolsillo y lo llamó.

–¿Qué quieres? –dijo él, enfadado–. Estoy hablando por la otra línea.

–Michael...

Él colgó la llamada.

Bree sintió que se le encogía el corazón. Tenía ganas de gritar y llorar, pero no lo hizo. Regresó al apartamento y esperó como una hora para ver si le devolvía la llamada. Al ver que no lo hacía, dejó el teléfono sobre una mesita y agarró el bolso.

Retiró de su llavero la llave del ático de Michael, la metió en un sobre y escribió su dirección. Dejó el paquete sobre la mesa y salió al jardín para regar las plantas.

Mientras observaba caer el agua, trató de imaginarse cómo viviría el resto de su vida sin él.

–¿No estás durmiendo bien? –preguntó Bijou.

–Que sí –contestó Bree, molesta por la insistencia de su madre.

–¿Y por qué llevas gafas oscuras? ¿Quieres evitar que te vea las ojeras? ¿Por qué no duermes?

Bree se quitó las gafas y las metió en el bolso.

–¡Estoy durmiendo bien! –mintió–. ¿Por qué no iba a hacerlo?

–¿Ya no te manda flores?

Habían pasado dos días desde que Michael se había marchado.

–¿Habéis discutido? ¿O es algo más grave?

–¿Por qué no vas a supervisar los preparativos? ¿O a barrer dentro?

–¿Cómo es que ya no viene a desayunar? Lo echo de menos.

–¡Por favor, Bijou!

–¿Lo llamo para decirle que lo echamos mucho de menos?

–¡No!

–O sea, que habéis discutido. Entonces, ¡llámalo para reconciliarte con él!

Ya lo había intentado, y él no le había devuelto la llamada.

–No sabes nada del tema –Bree notó que los ojos se le humedecían y se puso las gafas de nuevo–. Por favor. No me preguntes más sobre él.

–Hacéis tan buena pareja –suspiró Marcie desde una mesa–. Tanto deseo. Tanta pasión.

Su vida estaba vacía y había perdido el color. Desesperada, Bree cerró los ojos.

–Eres igual de infeliz que él –dijo Luke, mientras dejaba el tenedor–. He venido porque imaginaba que sería así.

–Solo es una noche mala –se defendió Bree.

–Sí. Todo está mal en este lugar. Tú, el servicio, la sopa, incluso las tortillas que siempre eran perfectas, pero sobre todo tú. Puesto que sé de lo que eres capaz, no puedes engañarme. Hace un mes, todo iba estupendamente y este lugar era divertido y bullicioso.

Desde que Michael se había ido, había tenido que hacer grandes esfuerzos para continuar con su vida. Era consciente de que no se estaba concentrando en el trabajo.

–Siento si la comida te ha decepcionado.

–¿Qué está pasando entre Michael y tú?

–Nada.

–Es curioso, él me dijo lo mismo cuando fui a verlo.

–¿Lo has visto?

–Ayer. ¿Sabes que se ha apartado del mundo?

–No estamos en contacto, así que…

–¿De veras? Pues se ha tomado una semana libre. Algo que no ha hecho en su vida. No se ducha, no se afeita. Y se dedica a ver cómo limpia la asistenta. Ella está muy preocupada por él. Ni contesta el teléfono.

–Le pregunté por ti. Le dije que si te amaba, que te lo dijera. Me miró con sufrimiento en la mirada y me dijo: ¿Crees que no lo he intentado?

Bree se sentó frente a Luke.

–Gracias por preocuparte por él. Y gracias por haber venido a verme.

–¿Vas a llamarlo?

–No lo sé. Rompió conmigo.

–Llámalo. Te quiere.

Bree pensó en la infancia de Michael. Había crecido sin amor. Quizá el amor era una experiencia tan nueva para él que ni siquiera sabía lo que era o cómo expresarlo.

Él podía tener a cualquier mujer que deseara, y la había elegido a ella.

Quizá estaba equivocada. Quizá sí la amaba. Era el padre de su hijo. Iría a verlo. ¿Y si no la dejaba entrar? La llave. Todavía no la había enviado por correo.

Llamaron al telefonillo por quinta vez y Michael se puso en pie, tambaleándose una pizca.

Atravesó el salón y contestó:

—Soy Natalia.

Rodeada de periodistas, aparecía muy guapa en la pantalla.

—Lárgate —dijo él.

—Carlo me ha dejado. Y nadie deja a Natalia públicamente. Estaba equivocada contigo, siento haberte tratado así. Carlo es el verdadero cretino.

—Siento lo de Carlo, pero no puedo hablar.

—¿Puedo subir?

—Te he dicho que es mal momento. Mira, eres una chica guapa. Tarde o temprano tendrás suerte con los hombres.

Colgó el telefonillo y se sirvió otra copa. Después se tumbó en el sofá y continuó torturándose con el recuerdo de Bree.

¿Qué hacía soñando con una mujer que no lo quería? Luke tenía razón. No podía continuar así.

Bree era la madre de su hijo y tenía que conseguir establecer una buena relación con ella para poder criar a su hijo, juntos. Eso era lo que les quedaba. Nada más.

Bree llevaba la llave de casa de Michael en la mano y se disponía a entrar en su edificio cuando vio salir a Natalia rodeada de paparazzi.

–Sí, estoy saliendo con Michael North otra vez –le dijo al reportero–. Él me ha invitado a venir –sonrió ante las cámaras y se dirigió deprisa a la limusina.

«Ves lo rápido que te ha reemplazado por alguien más bella. Solo eras una obligación para él. Vete a casa», Bree oyó una vocecita en su cabeza.

De camino a casa de Michael, se había imaginado cómo sería su vida con él. Estaría a su lado cuando naciera el bebé, irían a cenar a casa de amigos, y pasarían las vacaciones en familia… Y mientras tanto, él se había dedicado a complacer a Natalia.

Guardó la llave en el bolso y, como no tenía fuerza para regresar caminando a casa, le pidió al portero que le llamara a un taxi.

Michael oyó que alguien abría la puerta de su casa. ¿Quién podía ser?

Se sentó en el sofá y vio que una mujer entraba en la casa.

–¿Natalia?

–No soy Natalia. Soy yo, Michael –dijo la mujer con la que llevaba días soñando.

–¿Bree?

–Sí.

Cuando encendió las luces, él se pasó la mano por el cabello. ¿Cuándo había sido la última vez que se había duchado?

–¿Qué haces aquí? –preguntó con frialdad.

Ella cerró la puerta y se acercó despacio.

Michael se percató de que no se había cambiado de ropa desde hacía un par de días y se sonrojó.

–Dime lo que quieres y márchate –dijo Michael. No quería que sintiera lástima por él.

–Luke vino al restaurante y me dijo que no estabas bien.

–Meteos en vuestros asuntos. Como ves, no me pasa nada. Estoy bien. ¡Pasándolo mejor que nunca! Vete a casa.

Ella agarró una botella de whisky vacía.

–Parece que ha caído entera. ¿Por qué no te preparo un café?

–Porque no quiero café.

–A lo mejor yo sí. ¿Por qué no te duchas para que puedas hacer de anfitrión mientras yo trasteo en la cocina?

–¿Qué derecho tienes a entrar en mi casa e intentar mandarme? Hemos roto, ¿recuerdas?

–Te contaré por qué estoy aquí después de que te duches y te pongas presentable. No tienes un aspecto muy civilizado, cariño –dijo con tono animado, y se dirigió a la cocina.

Michael dudó un instante y se dirigió al baño. Después de mirarse al espejo, se desnudó y se metió en la ducha.

Cinco minutos después regresó al salón, afeitado y con el pelo peinado hacia atrás.

–Pareces otro hombre

Excepto por el dolor de cabeza que tenía, se sentía mucho mejor.

–¿Para qué diablos has venido? Si es porque te doy lástima...

–No me das lástima. Te quiero. Te echo de menos. Igual que echo de menos los picnics en el parque, las cenas en restaurantes y las cosas maravillosas que me haces en la cama. Me conformo con que pienses que quizá me quieres.

Él la miró, incapaz de comprender.

–¿Qué?

–Tómate el café –le entregó una taza.

Él bebió un trago. Era lo que necesitaba.

–¿Qué estás diciendo?

–Luke vino a verme, así que decidí venir a verte. Al ver a Natalia en el portal me asusté. Estaba dando una rueda de prensa y diciéndole a todo el mundo que estabais saliendo juntos otra vez.

–No es cierto –dijo él.

–Lo sé. El portero me dijo que no la habías dejado subir. Si no me lo hubiera dicho, habría perdido el valor y me habría ido a casa.

–No hemos estado juntos desde que terminé con ella hace meses. Su nuevo novio ha roto con ella y como no soporta que la rechacen o que la abandonen, ha venido a verme.

–El abandono es un sentimiento muy difícil de gestionar –susurró Bree.

—Lo es –dijo él.

—Así es como yo me sentí la primera noche que me dijiste que no te gustaba y que me habías mentido.

—Lo siento mucho –respiró hondo–. Te he echado mucho de menos –susurró él.

Ella se sentó y lo abrazó.

—Te quiero. Te quiero lo suficiente por los dos. Confío en que lo que sientes por mí vaya creciendo, como dijiste que pasaría.

—Bree, yo te quiero. Ahora y siempre. Si antes no lo sabía, ahora lo sé. No sabes lo mal que lo he pasado sin ti. No podía pensar, ni trabajar. Os quiero, a ti y al bebé, más que a nada en el mundo.

Dejó la taza de café en la mesa. Ella le acarició el cabello.

—¿Me quieres de verdad? –dijo ella.

Sus miradas se encontraron.

—Sí, los últimos días no podía perdonarme cómo te he tratado. No sabes cómo me he odiado. La primera noche fuiste tan cariñosa y maravillosa conmigo… Y yo no te di la oportunidad. Intenté machacarte. Y casi lo conseguí. No puedo culparte por no haber confiado en mí.

—Tenemos que olvidarnos de aquella noche.

—Nunca. Es la noche en que empecé a amarte… Solo que no lo sabía o no podía admitirlo. Perdóname, por favor.

—Ya lo he hecho.

Bree le sujetó el rostro con las manos y le acarició los labios con los pulgares.

—Creía que te había perdido y no sabía cómo iba a vivir sin ti.

–Yo sentía lo mismo. ¿No es maravilloso que no tengamos que vivir el uno sin el otro?

Era demasiado maravilloso para emplear palabras.

Él la besó de forma apasionada, una y otra vez, hasta que les costaba respirar.

–No conseguiré saciarme de ti.

–Te quiero –dijo ella.

–Ayer, temía el futuro –murmuró él–. Ahora, estoy deseando que llegue. Querida Bree, me has liberado de mí mismo, de Anya, de todos los sentimientos negativos que hicieron que me convirtiera en un hombre duro.

–Si he podido ayudarte un poquito, me alegro.

–Me has dado tanta felicidad. Una nueva vida.

La besó de nuevo y no se separó de ella hasta mucho después.

Epílogo

Bree nunca se había sentido tan feliz, ni tan orgullosa de sí misma. Se sentía querida y rodeada de cariño. Estaba tumbada en la cama del hospital, observando a Michael mientras paseaba de un lado a otro tratando de calmar a su bebé recién nacido.

Michael era un marido estupendo. Al despertar cada mañana lo quería un poco más, y ella sabía que a él le pasaba lo mismo.

Había asistido a todas las revisiones del embarazo y la había acompañado durante el parto.

Will, el bebé, tenía el cabello negro como el ébano. Y Bree se había enamorado de él en cuanto las enfermeras lo colocaron entre sus brazos. Quizá lo quería tanto porque era una réplica en miniatura de su padre.

Michael se acercó a la cama y le mostró que su hijo se había quedado dormido. Al mirarlo, la ternura la invadió por dentro.

Era la mujer más afortunada del mundo.

–Michael. ¿No es maravilloso?

–Lo es, y tú también. Os quiero –susurró él–. Más que nada en el mundo.

Bree estaba segura de que sus palabras eran sinceras. En el fondo, él siempre había deseado tener una familia. Se alegraba de verlo tal y como era en realidad. Un hombre que había encontrado el amor que había estado buscando durante toda la vida.

Era un luchador. Siempre estaría a su lado, y siempre la amaría y la protegería.

Sí, era la mujer más afortunada del mundo por tener a ese hombre a su lado. Un hombre que la amaba.

Deseo

TRES AÑOS DESPUÉS

ANDREA LAURENCE

El destino obligó a Sabine Hayes a reencontrarse con el padre de su hijo, aunque no estaba dispuesta a rendirse a todas sus demandas. No iba a permitir que el poderoso y rico Gavin Brooks volviera a manipularla. Le consentiría conocer a Jared, pero ella no volvería a su lujoso mundo ni a su cama.

Sin embargo, Gavin no había dejado de desear a Sabine y, además, tenía derecho a reclamar lo que era suyo. Por eso haría todo lo que estuviera en su mano para impedir que ella volviera a escapársele.

¿Lograría escapar del encanto de un seductor?

¡YA EN TU PUNTO DE VENTA!

Acepte 2 de nuestras mejores novelas de amor GRATIS

¡Y reciba un regalo sorpresa!

Oferta especial de tiempo limitado

Rellene el cupón y envíelo a

Harlequin Reader Service®
3010 Walden Ave.
P.O. Box 1867
Buffalo, N.Y. 14240-1867

¡Sí! Por favor, envíenme 2 novelas de amor de Harlequin (1 Bianca® y 1 Deseo®) gratis, más el regalo sorpresa. Luego remítanme 4 novelas nuevas todos los meses, las cuales recibiré mucho antes de que aparezcan en librerías, y factúrenme al bajo precio de $3,24 cada una, más $0,25 por envío e impuesto de ventas, si corresponde*. Este es el precio total, y es un ahorro de casi el 20% sobre el precio de portada. !Una oferta excelente! Entiendo que el hecho de aceptar estos libros y el regalo no me obliga en forma alguna a la compra de libros adicionales. Y también que puedo devolver cualquier envío y cancelar en cualquier momento. Aún si decido no comprar ningún otro libro de Harlequin, los 2 libros gratis y el regalo sorpresa son míos para siempre.

416 LBN DU7N

Nombre y apellido	(Por favor, letra de molde)
Dirección	Apartamento No.
Ciudad	Estado	Zona postal

Esta oferta se limita a un pedido por hogar y no está disponible para los subscriptores actuales de Deseo® y Bianca®.
*Los términos y precios quedan sujetos a cambios sin aviso previo.
Impuestos de ventas aplican en N.Y.

SPN-03   ©2003 Harlequin Enterprises Limited

Bianca.

**Lo que ocurrió entre ellos iba a unirles sin remedio
más allá del contrato matrimonial…**

Que su padrastro la vendie-
ra mediante un matrimonio
de conveniencia era la única posibilidad de escapato-
ria para Leila. Sin embargo,
en vez de encontrar la liber-
tad, tal y como esperaba,
Leila se vio atada a su enig-
mático esposo por una in-
tensa pasión.

El millonario australiano
Joss Carmody conocía muy
bien las reglas del juego.
Colmaría a su nueva espo-
sa de regalos y atenciones
y a cambio usaría sus tie-
rras para expandir su negocio. Eso era todo lo que esperaba conseguir con el
acuerdo. Sin embargo, no
contaba con esa extraña
atracción que Leila desper-
taba en él...

Una noche decidieron sa-
ciar el deseo de una vez
por todas…

Prisionera de la pasión

Annie West

Deseo

UN TRATO MUY VENTAJOSO

SARA ORWIG

El multimillonario Marek Rangel podía comprarlo todo. Todo tenía un precio, incluso el hijo de su difunto hermano. Estaba dispuesto a cualquier cosa con tal de tener al niño en la familia, aunque tuviera que casarse con la madre del pequeño, Camille Avanole, una desconocida para él.

Camille era una prometedora cantante de ópera que valoraba su independencia por encima de todo, pero si aceptaba la propuesta del atractivo ranchero su hijo tendría seguridad y una oportunidad para conocer sus orígenes texanos. Mientras no se enamorara de Marek…

¿Se casaba con él solo por el bien de su hijo?